まあまあの日々

群 ようこ

角川文庫
21215

目次

おっちょこちょい

　私はおっちょこちょいである。小学校に入学する前、公園のすべり台のてっぺんで足がもつれて、どういうわけか天地が逆になって、頭から下まで滑り降りた。私の前に滑っていて、尻《しり》に頭突きをされた男の子は、びっくりした顔で逆さになった私をじっと見ていた。家族と一緒にデパートに行ったとき、みんながすでに階下に下りたものと勘違いしてあせり、下りのエスカレーターのてっぺんでつまずいて、下の階まで転がり落ちたこともある。くるくるまわってるなあと、妙に冷静になっているうちに下に落ち、ものすごい勢いで駆け寄ってきた店員さんが、「大丈夫？　大丈夫？」と何度も体をさすってくれたのを覚えている。

　小学校の低学年のときは、テレビでプロレスを観ていて、レスラーがコーナーポストから飛び降りて、敵にニードロップをかけるのがとてもかっこよかったので、私もやってみようと思い立った。椅子を持ち出してベビータンスによじ登り、敵に見立てた畳の上の座布団めがけて、技が決まるはずだったのだが、ここでもバランスを崩して、自分が脳天逆落としになってしまった。どの場合も無傷だったのは、ただただ運がよかっただけだろう。

成人になってからは、素面《しらふ》なのにもかかわらず、飲食店の便器にはまったのが三回。前の使用者が男性だったらしく、便座が上がっていたのに気がつかずに座って、そのままはまった。三回すべてが同じ店というのが自分でも理解できない。それでも私は、きっと中高年になったら、落ち着きが出て自然に直るものだと考えていた。

しかし五十代も半ばになったというのに、一向におっちょこちょいは直る気配がない。夕食後に食器洗いを終え、ああ、終わったとほっとしつつ、タオルで手を拭《ふ》く前に、両手のしずくをシンクの上で勢いよく払おうとして、蛇口に指をしこたまぶつける。

「……」

あまりの痛さに声も出ない。じんじんとしびれる指をタオルで拭きながら、「どうしてこんなことに……」とつぶやいたりする。

先日もポンプ式の泡が出る石鹸《せっけん》を使おうとして、右手で勢いよくヘッドを押したら、差し出していた左手に激痛が走った。いったい何が起こったのかわからず、反射的に両手を後ろに隠し、しばし石鹸のボトルを眺めていた。そして心を落ち着かせ、もう一度ゆっくり先ほどの行動をやり直してみたら、何と左手をつっこみすぎて、下がったボトルのヘッドの部分と本体の間に指を挟んでいたのである。

「……」

これまたあまりの愚かさに声も出なかった。この歳になってこの体たらく。おっちょこちょいが直る機会があるのか、それともこのまま齢《よわい》を重ねるのか。我ながら全く想像がつかないのである。

眉《まゆ》カット

若いころから化粧にはあまり熱心ではなかった私は、白粉《おしろい》と顔色調整のための口紅くらいを塗っておけばいいだろうと考え、それ以外の化粧は無視していた。友だちは、化粧のポイントは目なのだから、少しはすればいいのにという。たしかに化粧は顔の欠点をカバーする意味合いもあるから、地塗りをするよりも、ちっこい私の目を何とかしたほうがいいというのは正論であった。

ところがいざやってみると、アイラインを引けば、「ほーら、ここにちっこい目がありますよ」と世の中に知らしめてるようになり、マスカラを塗れば下まぶたに薄黒く色がつく。どんなに手間暇、お金をかけても私の目の化粧は無駄だと諦《あきら》めて、それから何もしなくなったのだ。

それから何十年もたった三十代半ば、あるとき鏡を見ていて、仕上げに口紅を塗っても、どうも顔がしまらない。そのときはじめて、口紅よりも眉毛《まゆげ》が大切になったと気がついた。何もしない野放し眉は、もう限界にきていたのである。試しに2Bの鉛筆で眉を濃いめに描いてみたら、凹凸の少ない顔でもそれなりにはっきりとしたので、すぐに眉カットばさみと眉墨《まゆずみ》を買ってきて、眉の手入れをはじめたものの、これには職人技ともいうべき技術が必要であった。

鏡の前にへばりつき、ほんの一、二ミリ切っては鏡から離れてチェックし、また鏡の前にへばりつく。それを何度も繰り返し、美人眉が出来上がったかといえば、もうちょっとカットしてしまうと、牛若丸のおでこにあるぽっちになる可能性大の眉毛しか残らなかった。どの程度の濃さで眉を描いていいかもわからないので、どんどん描いていくうちに濃くなっていき、しまいには博多仁和加《はかたにわか》のお面をつけたみたいになったこともあった。

最近は老眼になって、細かい部分がとても見えにくくなり、前よりももっと眉カットに苦労している。眉毛の一本一本の毛並を考えながら、少しずつカットしていく。目をこらし、息を止めてカットして、両眉のバランスを見る。ここで、「右が短くなった、あっ、今度は左が」と切っていくと、牛若丸のぽっちになるので、気をつけなくてはならず、ものすごーく時間がかかる。

目をしょぼつかせながら、やっとの思いでカットした眉を見て、私は、「どこかで見たような」と首をかしげた。もう一度、よーく見直してみたら、〝ヤンキー〟のお兄ちゃんたちがしていた、一直線の眉と全く同じ形になっている。あれは一本気な男の気合を示していたわけではなく、下手くそが眉をカットしていくと、おのずとあのような形になってしまうのだ。

眉カットは本当に難しい。どうやったら自分の顔に合った女性らしい眉にできるのか、何十年も眉カットの腕が上がらない私には、想像もつかないのである。

白髪

五十歳を過ぎてすぐ、白髪が出てきた。それもちらりほらりとではなく、突然、頭頂部に出現した！　という感じだった。もしかしたら前兆があったのかもしれないが、ぼーっとした性格のため、気づかなかったらしい。分量でいうとちょうど毛束ひとつまみほどが二か所である。ほかの部分には白髪がないため、どうもそこが目立つような気がしていた。なにも知らない知人には、「白のメッシュをいれたんですか」などとたずねられたりして、内心、（やっぱり目立つのね）などと思っていた。

私はきれいな白髪のおばあちゃまが大好きなので、白髪を目の敵にしているわけではない。分散して生えてくれれば、気にならないのに、そう都合のいいようにいかないのが世の常である。なので髪の毛や肌に負担の少ない、「ヘナ」のヘアカラーをやってみた。

ヘナというのはハーブの粉を使って染めるもので、ヘナだけだと白髪は明るいオレンジ色になる。使う人の体質によって、微妙に色が変わるらしいのだが、私にはオレンジ色は似合わないので、藍《あい》が入っているタイプのものでやってみた。抹茶のような香りがするペーストを塗って一時間。白髪は茶色に染まった。根元の部分が染まりにくいものの、目立つ感じはなくなって、少し気分が落ち着いたものだった。

しかし毛は日々伸びてくるし、退色もする。白髪よりも野放しの退色のほうがみっともないので、ひと月に一度は染め直さなくてはいけない。私は髪の毛をカットしてくれる人に、「面倒なのよね」と訴えた。すると彼女は、「三十年前の私の後輩で、一生、髪の毛を染め続けなければならない子がいて……」という。

金髪、茶髪がお洒落《しやれ》といわれた数年前、その後輩も美容師という仕事柄もあって、ずっと金髪に染め続けていた。ところがあまりに頻繁に染めたりしたものだから、毛根が傷んでしまって、白髪しか生えてこなくなったというのだ。

この話を聞いて、私も部分的ではあるものの、いつまで染め続けなくてはならないのかと想像して、気が遠くなった。白髪は年を重ねたら自然のなりゆきとして、当然、生えてくるものなのに、そんなふうにいつも白髪を気にしている自分が嫌になってきた。白髪よりもほかに考えなくてはならないことが、山ほどあるではないか。そう考えて、私は、「やーめた」とつぶやいた。

現在、ほかの部分にも白髪が出はじめて、バランスとしては、なかなかいい具合になってきている。今は中高年の女性のほとんどがカラーリングをしているけれども、清潔感を維持するのを前提として、他人にどう見られようと、私は白髪をそのまま生やしていこうと、決めたのであった。

ペットのダイエット

うちのネコは、今年二十歳になったのだが、体重は若いころから三キロで全く変化がない。飼い主のほうは、どんどん下腹に肉がつき、「太るのは簡単なのに、どうして痩《や》せるのはこんなに大変なのか」とため息をついているのにである。

ネコながら感心するのは、好きな物を目の前に出されても、満腹だと絶対に食べない。私などは腹いっぱいに食べて、もう入らないと自覚しているのに、目の前にまんじゅうを出されると食べてしまう。そして精神的に満足するのと、腹がはちきれそうになった肉体的な苦しさの間で、「うれしいんだか辛《つら》いんだかわからない」と悶絶《もんぜつ》するありさまだ。

きっちりと食べる量を守り、余分なものは食べないうちのネコに、「偉いねえ。本当に立派だねえ」と褒めると、「ふんっ」と鼻息で返事をする。鼻の穴が広がっているところを見ると、褒められて大満足なのである。そしてそこに、何となく私を小ばかにしている雰囲気も漂っていて、こちらとしては立場がないのだ。

最近はイヌやネコの肥満が問題になっていて、私の知人二人も、動物病院からネコのダイエットを命じられた。カロリーを抑えたダイエット食があって、それを今まで食べていたフードに替えて与えるという。それには一騒動があって、ダイエットフードを皿に入れて出したら、猫は匂いを嗅《か》いでぎゃあぎゃあと怒った。

「それしかないよ」

知らん顔をしていると、そのうち、「ふえええー、ふえええー」と切ない声で鳴き出して、かわいそうになってきた。しかし獣医には、心を鬼にしてダイエットに取り組むようにと、きつく言い渡されたし、どうしたものかと悩んだ結果、目の前の切なげな猫の姿に負けた。

これまで与えていたフードをあげると、「よっしゃ、これこれ」とネコはものすごい勢いで平らげて、切ない声を出したのが嘘のように、上機嫌で立ち去ったというのだ。

こんな具合では、ダイエットに成功するわけもなく、病院に行けば獣医に、ちっとも痩せてないと叱られる。

「どうしたらいいのかしら」

彼女たちは頭を抱えていた。たしかに肥満は体に悪いのはわかる。長生きしてもらいたい。だけど、ダイエットの辛さは飼い主本人がいちばんよくわかっている。獣医の前ではごもっともと納得しているが、飼い主同士は、「自分たちのダイエットが成功していないのに、動物のダイエットが成功するわけないよね」とうなずき合っている。

私も、「そうよ、そう簡単にできるもんじゃない」と同調し、三人それぞれ、自分の下腹をさすりつつ、ため息をついたのであった。

骨なし

ふだんは三食とも自炊なのだが、仕事が詰まっているときには、市販のお惣菜《そうざい》を買って食べることがある。先日もそんな状態になって、近所のスーパーマーケットで、鯖《さば》の味噌煮《みそに》を買ってきた。夕食を食べ終わり、ぼーっと座っていたのだが、どうも変だと私は首をひねった。何か物足りない。量の問題ではなく、味つけも甘めではあったが、それなりにおいしく食べた。ふと皿を眺めたときにはっと気がついた。その鯖の切り身には、骨が全くなかったのである。

最近は家庭で魚を食べる人が少なくなったとニュースで報じられていたのは知っていた。「生臭い」「骨を取るのを面倒くさがり、子供が食べないので食卓に出す機会がない」というのが理由らしい。親ももし喉《のど》に骨が刺さったら困ると消極的だ。売る側は少しでも魚を食べてもらいたいので、魚の切り身から骨を取り除いて販売する業者もいるという。ふんふんと聞き流していたのだが、偶然、私が買った鯖が、その「骨なし」だったというわけだ。

私は昭和二十年代の生まれで、東京から離れたことがない。子供のときには肉よりも魚のほうが頻繁に食卓にのぼっていた。骨を取るのが面倒くさいと感じた覚えもない。このおかずが嫌いなどといったら、「じゃあ、あんたの食べるものはない」と取り上げられるのがわかっていたからである。鰯《いわし》のときは「頭から骨まで食べろ」といわれ、鯵《あじ》の干物や鯖の味噌煮のときは、必ず、「骨をちゃんと取るように」といわれた。そして食べ終わると、「ここはまだ身がついていてもったいない。こうやって食べればいいのだから」と教わったりもした。それでも喉に骨がひっかかってあたふたしたが、そういう痛い思いもして、自然に魚の食べ方を覚えていったのだと思う。しかし骨を取るのが面倒だからと、骨のない魚ばかりを食べていたら、魚の食べ方も覚えないし、家庭のなかで食事の時間を通して、親から教わる事柄も少なくなるような気がする。

骨なしの魚を食べてしまった結果、口の中に一本も骨が触らず、骨を取らないで簡単に食べられる、身だけの魚を食べても、満足感が得られないのは、よーくわかった。火を通して食べる魚は、やはり骨があったほうがおいしい。業者が魚の骨をすべて取り除くとなると、余分に手間がかかるから、それも値段に上乗せしてあると思う。高い上に満足感がないものを食べる必要はない。たしかに高齢者には骨がないほうが安心かもしれないが、彼らは骨がある魚のおいしさを知っているはずだ。手間を省き、リスクを避ければ、本来の味ではなくても、骨なしの魚のほうが喜ばれる世の中になっていくだろう。私自身はこれから魚の切り身を買うときには厳しくチェックして、骨なしには手を出すまいと、心に決めたのだった。

暑いのか寒いのか

最近は暖冬や異常気象の影響で、これまでの日本の気候とはずいぶん違ってきた。着るものにも本当に困る。以前は季節の変わり目には、衣替えなどもしたけれど、今は一年中の服がすべて出ているありさまだ。温度調節が簡単な、重ね着ができる薄手のものや羽織りもの、スカーフやマフラーなどの巻きものが多くなったかわりに、ウールのオーバーコート、厚手のセーターはここ何年も出番がない。楽といえば楽かもしれないけれど、四季それぞれの素材を着る楽しみがあったのに、それがなくなりつつあるのが、ちょっとつまらない。

私は着物が好きなので、出かけるときにはなるべく袖《そで》を通そうと、意気込みだけは十分なのだが、昔通りの衣替えに従うと、やたら暑いので、礼装以外は単衣《ひとえ》の着用時期を前倒ししたり、襦袢《じゅばん》で調整したりしている。若い人向きの着物の本を読んでいたら、「最初に普段着を誂《あつら》えるのなら、仕立て代も安くて長く着られる、単衣にしましょう」と書いてあって驚いてしまった。単衣の時期は六月と九月といわれていたが、一年の間に長く着られると言われるほどに変わったのだ。

着物でさえこれだけの変化があるのだから、洋服となるとごっちゃごちゃである。

その証拠に若い女性のファッションを眺めていると、この異常気象のせいなのか、摩訶不思議《まかふしぎ》なコーディネートが多い。流行というものは、いつの時代にも、変てこなものだというのは理解しているが、去年の夏はブーツ姿の女性が多かった。冷房で寒いわけではないらしく、タンクトップに短パンか短いスカート姿である。でも雨が降っているわけでもないのに、どういうわけかブーツなのだ。蒸れないのか？　水虫は大丈夫なのか？　と、おばちゃんの私には、首をかしげたくなるファッションだったけれど、あれが夏場で、いちばん格好いいスタイルだったのだろう。

そして寒くなってよく見かけるのが、毛糸の帽子である。さすがに外ではコートを着ているが、室内ではノースリーブのセーターに、短パンか短いスカート。頭にもっこもこの寒冷地向きと思われる毛糸編みの帽子をかぶっている。暑いのなら帽子をとればいいのに、絶対にとらない。帽子自体はかわいいのだが、あんなもっこもこの手編みの帽子をかぶるくらいなら、その前に長袖《ながそで》とか、丈の長いパンツをはいたらどうか。寒いのか暑いのかわからないじゃないかと言いたくなるが、彼女たちからすれば、流行のファッションに比べたら体感温度など、どうでもいいのだろう。

気象と同じように、若い女性のファッションは迷走している。足元や頭を必要以上にガードしているわりに、一年中胸元や脚の露出が多く、ガードが甘いのも気になる。そしてこれからもっと、すさまじい訳のわからない、流行のコーディネートが出てくるのは間違いなく、私は半分あきれつつ、次は何が出てくるのかと楽しみにしているのである。

洗濯機

うちの洗濯機は一九九二年製の全自動である。二槽式から全自動に買い替えたとき、こりゃあ便利だと思ったのであるが、家電の進歩にはすさまじいものがあって、最近の洗濯機にはさまざまな機能がついているようだ。以前は乾燥機が別になっていたが、乾燥機機能がついた洗濯機もあるという。海外のドラム式の洗濯機の写真を見て、かっこいいデザインだと感心していたが、今は日本でもごく普通に売られている。ビルトイン方式のものや、カビがつきにくいステンレス槽、振動音も小さく皮革製品が洗えるものまであると聞いた。

私は世の中の流れに疎く、いちいち情報を追わないので、自分の想像以上に物事が進歩していると、本当に驚く。特に家電については、そんなことまでできるのかと、心底、感心するのだ。

「デザインもいいし、買い替えればよかったかも」と後悔したりするけれど、そこが昭和二十年代の生まれなので、「まだ使えるのに、もったいない」が先に立ってしまうのだ。

私と一緒に丸十七年を過ごした洗濯機は、十分に働いてくれているので、何の問題もないと日々使っていたのだが、昔の洗濯機よりも、現在の洗濯機の方が、節水、省エネについて考えられているという雑誌の記事を読んだ。たしかにうちのは、そんなにすすがなくてもいいんじゃないのといいたくなるほど、じゃばじゃばと水を使っていたのは事実だ。

育ち盛りの子供がいる家庭だったら、泥汚れをきれいにするためには、それなりの洗い方、すすぎ方もあるだろうが、すでに脂っ気がない、五十代半ばの私一人の洗濯物の汚れなど、たかが知れている。それからはすすぎ洗いの回数を一回にするため、二度目のすすぎに移る際に、一度停止にして水を落とし、脱水のボタンを押すようにした。節水や、すすぎの回数を選べる機能など、ついていないのだ。

たまに私の操作が間に合わず、二回目のすすぎが始まってしまうと、すぐに蓋《ふた》を開けて一時停止。次の洗濯からは絶対に二回目のすすぎを阻止しなければと、時計を見ながら洗濯機置き場の周辺をうろつく。ちっとも全自動じゃないのである。

以前はそんなことがなかったのに、このごろうちの洗濯機は、大きな振動音とともに、防水パンの上を移動するようになった。洗濯前はちゃんとこちらに正面を向けていたのに、洗濯が終わると、かならず左四十五度、ずれている。音を立てて家中を歩き回るというのなら問題だが、防水パンの上だけなので、まあいいかと思ってはいるのだが、もしかしたらこれは、洗濯機が自らの限界を表現しているのだろうか。ただ完全に壊れていないものを買い替えるには、どうも抵抗がある。いったいどうしたもんかと悩みながら、私はどんどん位置がずれていく洗濯機を横目で眺めているのである。

何もいえない

最近、はっとする出来事が立て続けにあった。コンビニの前を通りかかったら、二十代とおぼしき若い女性が、出入り口の前に置いてある灰皿の前でタバコを吸っていた。最近は若い女性の喫煙者も多いのよねと思いつつふと見ると、彼女のおなかが前に大きくせり出している。明らかに妊婦なのだ。医者からは飲酒、喫煙はいけないといわれているだろうにである。ふだんはいくら吸おうと彼女の勝手だが、自分一人の体ではないのだから、妊娠中くらいは我慢すればいいのにと、こちらは考えるのだが、母親としての自覚よりも、自分の楽しみの方を優先しているようだった。

母親が立ち話に熱中している横で、棒つきのキャンディーをくわえたまま、周辺を走りまわる子供を見て背筋が寒くなったりもした。買い物に出た帰り、駅の改札口にむかう三十段ほどの階段を、お洒落《しゃれ》な服を着せられた幼児が一人、おぼつかない足取りで、一段ずつ上がっていくのを見た。足を踏み外しておちたりしたらえらいことになると、親を探したものの、どこにも姿は見えない。駆け寄ると、その幼児と見事に服装をコーディネートした、こちらもお洒落な母親が階段上に姿を現し、「あーら、そこにいたの。ママはエレベーターで上がったわよ」などといっている。

（なんでこんな子供を一人残していくんだ）

私が腹の中で怒っているうちにも、幼児は一段、また一段と上がっていく、母親は、「上手、上手」と笑っている。（笑っている場合じゃないだろう。あんたも下に下りてきなさいよ）と怒鳴りたくなるのをぐっとこらえ、私は「たまたま通りかかって、幼児の後について、階段を上がるおばさん」という立場になり、幼児に何かあったら、人間クッションになって、この腹で受け止めなければとはらはらしていた。

地面から一メートル五十センチほどの高さまで上ったところで、やっと母親は階段の上から下りてきて、幼児の手を取った。ひとこと母親にいってやりたいのであるが、経産婦ではない私は経験者に対して、腹の中でぶつくさいいながら、立ち去るしかない。出産も子育ても経験がないので、若い母親に対して、それはよろしくないのではと感じても、「あんた、だめじゃないの」と自信を持っていえないのだ。

もしも私が彼女たちの姑《しゅうとめ》や母親だとしたら、タバコはやめろ、小さい子を一人にするなと目につくたびに息子の妻や娘を叱ったにちがいない。しかしそれは彼女たちにすれば「自分たちのやり方に文句をいう、うるさいばあさん」の小言にすぎないのだろう。目に余る光景を目にしながら、私は、「親や姑にならなくてよかったかも」と、ちょっとほっとしたのである。

仕分け人　求む

私は片づけが苦手である。ひとり暮らしをしていた当初は、整然とはしていないが、それなりに整理していたはずなのに、広い部屋に引っ越すにつれて、片づかなくなったような気がする。ふつうは広い部屋に移れば片づくはずなのに、私の場合は逆なのである。

これには自分でも呆《あき》れていて、こんなだらしのない人間はいないだろうと、自己嫌悪に陥ったりしていた。しかし昨今の、ほとんどゴミと同居しているみたいな、〝汚部屋〟と呼ばれる部屋に住んでいる人たちの写真を見て、あまりのすごさに、「これに比べれば、私の部屋なんてきれいなものだ」とほっとした。まだまだ上がいると思ったとたんにやる気は失《う》せ、片づけなくてはと思いつつ、部屋にあふれている衣類を眺めている始末なのだ。

私のように、何でも先延ばしにしようとする性格の人間は、厳しく毅然《きぜん》とした人、例えば事業仕分けの人の、蓮舫《れんほう》議員のような人に家に来てもらい、厳しくチェックしてもらわないと、だめなのかもしれない。

意を決して物を処分しようとするときもある。捨てるもの、バザーに出すものなどを箱に入れて分けた後、すぐ処理したり、バザーの主催者に送ればよいのに、それができない。

「あの服、着られるのでは」と考え直し、手放すはずの物が入った箱を開ける。これがいけないのである。現物を見るともったいないという気持ちになって、中から取り出す。こんな具合なので、一週間、二週間とたつうちに、一時はすっきりしたタンスやクローゼットのなかには、処分するはずの衣類のほとんどが戻っているのだ。

こんなときに厳しい仕分け人が来て、怠け者の私を叱咤《しった》してくれたら、どんなにいいだろう。

「どうしたんです。処分するはずじゃなかったんですか」

「そのつもりだったんですけど……」

「それなのにどうして、今、この引き出しに入っているんですか。おかしいじゃないですか」

「まだ着られるから……」

「でもこの服は、五年間、全く着てませんね。体形だって変わっているし、ウエストだってきついはずですよ」

「でもやせたら何とか……」

「本当にやせる気があるんですか。ビリーズブートキャンプのＤＶＤが、棚の上でほこりをかぶってるのも、調査済みですよ」

こんなふうに、ぐいぐい突っ込まれたら、なにも反論できない。それと同時に処分するのに迷っていた物を、すべて手放す気にもなる。もう白旗を揚げるしかない。

「ちょっと怖いけど来てほしい」

優柔不断な私は、箱からUターンしてきた衣類が詰まった、タンスの引き出しを開けるたびに、そう思うのである。

つけまつげ

最近の若い女性のヘアスタイルや化粧は、昔に比べてずいぶんこってりしている。髪の毛はふくらませたりカールさせたりして、ボリュームがある。そんなヘアスタイルとバランスを取ろうとすると、化粧のポイントが目になるのはわかるような気がする。とにかく流行の化粧をしている女性たちは、目の周りが何だか重たくて真っ黒だ。それによって目は大きく見えるかもしれないが、周辺が黒いのにうもれて、目の動きがよくわからず、彼女たちの気持ちが読み取りにくい。まるでアマゾンのジャングルをかきわけて、小さな沼を探し出すような気分になってくるのである。

若い女性は、万が一、すっぴんであってもマスカラだけは塗るという人が多い。歯磨きと同じ位置というか、歯磨きはしなくてもマスカラは塗るという人もいるかもしれない。

お洒落のためには、目玉の色を変えるカラーコンタクトがはやり、「目を大きく、よりくっきりと」を目標にした結果、つけまつげが特別なことではなくなったというのも、私にとっては驚きだった。

つけまつげは、かつて特殊な美容用品で、化粧品にくらべて高価で、一般の奥さんやお嬢さんたちは持っていなかったはずだ。使うのは芸能人やファッションモデルのような人前にでる職業の女性か、夜の仕事をしている水商売の女性と決まっていた。つけまつげをしている女性は、過度の化粧をしているとされ、あまりいい印象を持たれていなかった。

ところが今は高校生でもつけている。どうしてなのかと不思議に思っていたら、値段がものすごく安くなっていたのである。一般的ではなかったつけまつげは、今や100円ショップでたくさんの種類が売られているのを、テレビの情報番組で知った。

「それだったら、中学生や高校生でも買えるわなあ」と私はうなずいた。まるでティッシュペーパーを買う感覚で、簡単に入手できるようになっていたのだった。

なかでも、まつげの植え方が、根元から垂直になっている従来の型ではなく、根元から交差して、つまりX形に植えてあるものが一番人気というのも、はじめて知った。毛が交差していると根元に厚みが出て、目がよりくっきり見えるという。従来型しか知らなかった私は、つけまつげも進化したのだと感心してしまった。

ヘアスタイルもふんわり、おめめもぱっちり。そんなに必要以上に大きくしてどうするんだといいたくなるが、肉食女子たちは、そこここを大きく見せ、自分をアピールして、狙った男子に食いつくのだろう。

ほとんど草原の一本の枯れ草と化している私としては、「まあ、がんばれよ」と彼女たちに消極的にエールを送っているのである。

赤ちゃんの都合

私が若い頃と違って現代の女性は、会社に勤め続けながら、結婚も出産もできるようになった。ところが仕事に集中していると、あっという間に三十代半ばになってしまい、子供をと考えると、高齢出産のリスクが出てくる。自分が思い描いている時期に結婚、出産できればいいけれど、だれも都合のいいときに結婚できるわけでもないし、妊娠となったらなおさらだ。知り合いの三十九歳の既婚女性は、子供を持ちたいと考えていて、「四十代の出産となったら、卵子を選別するしかありません。より状態のいい卵子を選んで、体外受精をするんです」というのだ。

学校の生殖の授業で習ったとおり、人はもともと、大多数のなかで選ばれた、精子と卵子によって生まれてくるものではないかと思っていたが、私の場合、状態がよかったかというと、それは謎である。もしかしてランク付けをしたら、双方、ビリから三番目の出来だったかもしれない。それでも人が生まれたという事実だけで、神秘的な出来事だと感心するのだが、一部の女性にとっては、そうではないらしいのである。

つい先日も、半月後に初産を迎える四十一歳の女性に会ったら、「もう面倒くさくて」と愚痴をこぼしている。臨月になっておなかの大きい状態に飽きてきて、とっとと生まれてくれないかしらという。

「でもまだ、兆候がないんだから、赤ちゃんが出てくる気になってないのよ」

私が慰めると、彼女は、「もう、二キロは超えているから、出しちゃおうと思って」という。

「出しちゃおうってなに？」

意味がわからず、ぽかんとしていると、自然に陣痛を待つのではなく、親の都合で産んじゃうというのだ。

「えっ、そんなことしていいの？　赤ちゃんの都合はどうなるの」と聞いたら「そんなの、ふつうみたいですよ」と逆に呆《あき》れられてしまった。

私はあらーといったきり、何もいえなかった。本当に古い感覚の人間なのだなと自覚した。陣痛というのは赤ちゃんが生まれ出たいというサインなのだろうし、母体に問題がなければ、それを待って出産するのが理にかなって自然のような気がするのだが、現代では違うらしい。赤ちゃん以外の、周囲の人の都合で決められるようなのだ。

出産はプライベートな事柄だから、親になる夫婦の間で決めればよいわけで、他人がとやかく口をはさむ問題ではないとはわかっている。しかし正直いって私は、人が生まれるということへの女性たちの感覚の違いに、ただひたすら驚くしかなかった。

風呂《ふろ》椅子

私はこれまで、風呂椅子をほとんど使ったことがなかった。というのも、風呂自体をきれいに保ち続けることすら大変なのに、そのうえ風呂場に置いてあるこまごまとした小物を洗うのが、とても面倒くさかったからだ。

実家を出て、二十四歳で一人暮らししたとき、最初に借りた部屋はアパートの一階で、ユニットバスというよりも、タイル張りの洋式便所の隅に、無理やり四角い浴槽をはめ込んだような風呂場だった。もちろん脱衣場などというスペースはなく、入浴時には、着替えのパジャマを便座の上に置いたりしていたので、風呂椅子を置く場所すらなかった。それからいろいろな部屋に住んだが、銭湯が目の前にあるアパートは、風呂場の掃除をしなくて済んだので、本当に快適だったが、入りたい時に入れないというのが辛《つら》くて、結局は、風呂付きの物件に戻ってしまったのだ。

風呂場が広くなると、檜《ひのき》の風呂椅子に座って、桶《おけ》を使うのも風流でよいではないかと、買い揃えたこともある。しかし風呂場が広いとそれなりにカビを出さないように管理するのが面倒なのである。特に中性洗剤や化学薬品によるカビ処理剤に弱い私には、日々の手入れが本当に大変だった。おのずと椅子や桶の手入れは後回しになり、ふと気がつくと、黒ずんでいたりする。私のようなずぼらな人間は、管理する物を増やしてはいけないのだと自分を叱りつけ、それから風呂椅子を排除した。何十分も立って洗っているわけではないので、なくても何ら問題はなかったのである。

ところが体力の衰えを痛感するようになった現在、「やっぱり、風呂椅子はあったほうがいいかも」と考え直して、売り場に行ってみた。なるべく手入れに手間が掛からない物という基準にぴったりの、風呂椅子がみつかった。座面の中央に丸い穴が開いていて、四本のパイプの脚がついているシンプルな形だ。

座っていると楽だわと思いながら、体を洗っていると、泡が体を伝って座面にたまっていく、するとどういうわけか、尻《しり》がつるつると滑り始め、椅子から転げ落ちそうになるではないか。私は必死に浴槽の縁《へり》にしがみつき、泡だらけの体で、「なんだ、こりゃ」と風呂椅子をにらみつけてしまった。

これは裸で使うものである。私の反射神経がもっと鈍く、椅子から転げ落ちて急所を打ち真っ裸で動けなくなったら、どうしてくれるのか。私の尻は特殊構造ではない、ごく一般的な中年女の尻である。

「本当に気を抜けないわねっ」

ほっとしたくて風呂に入っているのに、緊張を強いる「なんだ、こりゃ」の椅子を、私は迷わず、燃えないゴミの日に出したのである。

大人のマナー

ずいぶん前から、電車内で化粧をしたり、携帯電話を使ったりするのが、問題になっているのに、一向にそういう人たちは減らない。以前はそんな彼らを見て、「本当に今の若い者は」と横目でにらんでいたが、最近ではいい歳をした大人までが、やるようになってしまった。

車内で携帯電話で話している中年の男女を何人も見かけたし、化粧をしている中年女性も目撃した。私は年代に関係なく、電車内で化粧をするような女性に美人はいないと確信を持っている。彼女たちもその通りの人々であったが、自分と同年配の女性が、折りたたみ式の鏡を取り出してバッグの上に置き、フルメイクをしているのを見ると、あんたの頭の中には、「恥」という文字はないのかといいたくなるのだ。

先日、電車に乗って優先席の前に立っていると、駅に止まるたびに多くの乗客が乗ってきて、ぎゅうぎゅう詰めの満員ではないが、それに近い状態になってきた。私の隣にいたのは、五十歳くらいのスーツを着た男性で、鞄《かばん》を網棚の上に置いてしばらくすると、携帯電話が鳴った。すると男性は背広のポケットから電話を取り出して、耳に当てた。多くの人は電話がかかってきても、「電車に乗っているから」と断ってすぐに切る。きっと彼もそうするであろうと思っていたら、それから彼は、私が先に降りるまでの十分間、それもご老人が座っている、優先席の前でずーっとしゃべり続けていたのである。

三菱《みつびし》がどうの、三井がどうの、先方との打ち合わせが……などと話していて、私はそれを聞きながら、大がかりな仕事をしているのかもしれないけれど、優先席の前で携帯電話で話し続けるなんて、基本的な常識がなってないよなあと呆れながら、横目でにらみ続けていた。ここで、毎度のことだが、「携帯電話は迷惑ですよ」といえないのが悔しい。腹が立っているのに、口に出して注意できない。私の目つきに気づけ、気づけと念を送ったつもりだったが、男性には全く通じなかった。

それなりの仕事をしている人が、どうしてこんなに非常識なのだろうかと、ふとつり革を持っている彼の手に目をやったら、背広の袖口《そでぐち》が両方とも擦り切れていた。大事な仕事用の背広が破れていても、気にしない鈍感な人だから、こんな行動をとっても何とも感じないのだろう。

それにしてもどうしてこんな大人が増えてしまったのだろうか。若者のよろしくない態度を真似して、自分がやっても大丈夫と考えるところが情けない。同年配の人間として、本当に恥ずかしい。そしてまた昨日、電車の座席に座り、タオルを手にショートカットの髪の毛を乾かしているおばさんを見て、私は頭を抱えてしまったのであった。

衛生的

知り合いの女性に、私は一年のうち、三百五十日は自分で朝、昼、晩の三食を作っているると思うといったら、

「よくできますねえ」

といわれた。そういったのは小学生の子供がいる、三十代の専業主婦である。彼女は自分が作れる料理が三品しかなく、あとはほとんど売っているお総菜で済ませているという。

「面倒くさくないですか」

とも聞かれたが、私も料理好きではないので、最初はとても面倒だった。しかし時間が空いたときに、だしをとっておいたり、下ごしらえをしておけば、結構、簡単だということもわかってきて、なんとか続けているのだ。

私は独り者だから、自分だけのために作ればいいが、あなたはお母さんなのだから、子供のためには、母親が作った食べ物を増やしたほうがいいのではと話したら、

「O－157みたいなものがはやったりすると、自分が作ったものが恐くて。冷蔵庫に入れていても安心できないっていうし。でも買ったお総菜で具合が悪くなったら、

店に責任を取ってもらえるでしょう」

などというので、びっくりしてしまった。たしかに昔に比べて妙な病原菌が増えているので、衛生面に気をつけるのは必要だが、まず考えるのが責任問題というのも……と、複雑な気持ちになった。

あるとき、調理の最初から最後まで全く人間の手を必要としない、炒《いた》め物を作る業務用の機械をテレビで見た。球体の一部に穴が開いている形で、簡単に言えばミキサー車が中のセメントを攪拌《かくはん》するように、中に入ったものを回転させながら炒め続けるのである。人間はスイッチを入れるのと、バケツで次々と、機械でカットした野菜や肉、蒸したそばを放り込む係だ。穴からは食材が回っているのが見える。そしてバケツに入った調味液を、まるで水撒《みずま》きのごとく放り込んでしばらくすると、衛生的な焼きそばが出来上がるというわけなのだ。たしかに一切、人間の手は触れておらず、衛生的かもしれないが、これは食べ物といっていいのだろうかと私は首をかしげた。人間が口にするには、あまりに味気なく、悲しすぎるのではないか。

昔は友だちのお母さんや、ご近所の人が作ってくれたおにぎりを、喜んで食べたものだった。もちろんゴム手袋なんぞしない、素手で握ったものだ。同じ鮭や梅干しのおにぎりなのに、それぞれの家で味が微妙に違うのも楽しかった。きっとそれには食材だけではなく、人間の手の味も入っていたと思うし、腹を下したという話を聞いた

 こともなかった。

今は衛生に気をつけているのに、すぐに腹具合が悪くなる人が多いらしい。人間が素手で作ったものを食べても大丈夫なように、日本人の腹を丈夫にするか、それとも衛生的な機械の発展を待つか。現在の状況では、明らかに後者なのだよなあと、私はため息をついたのである。

不思議な化粧品

肌が弱いせいで、化粧品には興味があっても、ほとんど楽しめない状態で、今まできてしまった。ふだんは洗顔後に化粧水と、冬場はそれにクリームをプラスし、日焼け止めをつけ、パウダーファンデーションをパフでつける。家にいるときはリップクリームを塗っておしまい。外出するときは眉《まゆ》を描いて、目立たない色合いの口紅を塗る。簡単なものである。

どんなに簡単でも、顔につけたものは落とさなくてはならない。若い頃は銭湯にいるおじさんみたいに、頭のてっぺんからつま先まで、一個の石鹼《せっけん》でがーっと洗っていた。顔面を石鹼のみで洗うのは、肌の負担になると友だちから聞いて、クレンジング剤を見つけようとしたが、これが一苦労だった。肌にずっとつけているものではないので、どんなものでもいいと思いきや、洗った後にぶつぶつができたり、ひりひりしたりとトラブルも多い。意外に刺激になる場合が多かったのだ。

料理用のオリーブオイルを使う人もいると聞いて試してみたが、私には合わなかった。腹の中にいれるのと、肌に塗るのとではやはり違うらしい。肌に合うものを見つけても、高額だと日常的に使うには躊躇《ちゅうちょ》する。値段が手頃で肌に合うものはないかと探していたら、肌に良くないものは含んでいない、クレンジング剤の試供品をもらった。使ってみたところ、洗顔中に目に入ったらものすごく痛みを感じたので、急いで水で目を洗った。鏡を見ると、両目が充血していて、もう一度、水で目を洗い、目薬をさしたら治まった。肌には問題はなかったが、目にしみるというのは、あまりよくないかもと考えて、その商品は買わないことにした。

ある日、たまたま立ち寄った店で、クレンジングジェルを見つけた。刺激がとても少ない処方で、値段も手頃である。早速、買って帰り、化粧を落とすために顔の上にのせたとたん、

「か、顔が、顔があつーい」

とびっくり仰天してしまった。ほんのり温かいというより、私の感覚では熱いほうに近かった。こんなにすぐにかぶれたのかとあせったものの、かぶれたのとは感じが違う。洗顔後、添付されていたパンフレットを読んでみたら、肌にのせてなじませると温かくなると書いてあるではないか。手にとったときは何でもないのに、あとから発熱する化粧品があるなんて、想像もしていなかった。使用前にちゃんと説明書きを読めばいいのに、老眼で細かい文字を読むのがしんどくなってきて、放っておいたので、洗面所でめちゃくちゃあせるはめになった。

化粧品が発熱するしくみはまったくわからない。しかし使い心地は悪くないので、

「不思議だわねえ」

と首をかしげながら、毎回、顔を熱くして、化粧を落としているのである。

普通のこと

先日、住んでいる賃貸マンションの、私の部屋だけが停電になり、調べた結果、外付けのガスの給湯器が、中に降り込んだ雨によって漏電を起こしたのが原因とわかった。二十二年前に設置された旧式なので、取り換えることになり、ガス会社の担当者がやってきてチェックをし、五日後に工事と決まった。

ところが、五日後に来た工事の人は「部品を注文した人が間違えたので、今日は取り付けられないから帰ります」と、すぐに帰ってしまった。いったい何をやってんだとあきれた。漏電している給湯器を使用しなければならない不安を抱えて暮らしているのに、五日過ぎても工事の連絡がない。大家さんから催促してもらって、最初の工事予定日から九日たった日の三時に工事すると連絡がきた。

当日の午前中、ハンドソープ三個を持った担当者が、「午後三時には工事の者が必ずうかがいますから」と謝りに来た。

しかし工事の人は三時になっても四時になっても来ない。頭から火を噴いた私は、午前中にやってきた担当者に連絡して、すぐに状況を知らせてほしいと文句をいったが、これまた十分たっても連絡がない。もう一度電話をしたら、携帯電話はつながらない状態になっていた。それから十分後、やっと工事の人から連絡があり、前の工事が長引いたので、四時半になるという。またまた「いったい何をやってんだ」である。

一時間半遅れでやってきたのは、二十代の前半と三十代そこそこの男性二人だった。

「遅れるのなら、どうして連絡をしないの」と聞くと、きょとんとして、「しましたよ」という。いつしたのかと聞いたらば、十分前というのである。

「それは私が連絡をくれと催促したからでしょう。三時の約束なんだから三時前後に、遅れるという連絡をくれたかという意味です」

「あー、それはしてないですね」

仕事の進み具合によって、遅れる場合があるのはわかっている。五分、十分ならともかく、仕事の約束に一時間半も遅れるのに、連絡をしないとはどういうわけなのだろうか。彼らは携帯電話を持っているのにである。上司は仕事の基本中の基本の礼儀を、はじめに教えないのだろうかと、私は、はああ～と深いため息をついた。

担当者も工事の人達も、いたって外見的には感じのいい普通の人である。しかしこれまで日本人が普通にやってきた、普通のことができない。トラブルがあっても、物品でも渡しておけば、それで済むと考えているのではないか。ということは、ただで物をもらえればそれで済ませてしまう人間も多いという証拠だろう。敏感肌の私には使えない、もらったハンドソープを眺めながら、「こんなものでだまされるものか」としばらく腹を立てていたのであった。

カーナビ

私は方向音痴なので、車の助手席に座ってナビゲーションができる人を尊敬してしまう。またそれと同等にルートを指示できるカーナビという機械もすごいものだと思っていたのだが、使っている人に聞いてみると、実はそうではないらしい。

十五年ほど前、友人がいちばん最初に使っていた高価なカーナビは、有能な人間のナビ係よりもずっと劣る、方向音痴に近いとんちんかんな代物だったらしい。走りだして目的地に近づくにつれ、だんだんナビがあやしくなってきた。絶対に直進したほうが早いのに、

「次ノ信号ヲ左折シマス」

と指示する。友人が指示を無視して直進すると、それからもどういうわけか、カーナビは遠回りのルートばかりを指示し続ける。そのたびに無視していたら、最後にはカーナビが何もいわなくなってしまった。「機械のくせにすねて黙るとは何事だ」と友人は思い出して怒っていた。自分のお勧めを拒否されて、カーナビも不機嫌になったのだろうが、私は妙な機械だなあと面白がって話を聞いていた。

そしてつい最近、別の既婚者のともだちも、

「うちのカーナビ、変なのよ」

　という。ご主人と横浜《よこはま》にある、ランドマークタワーに行こうと都内の自宅から車に乗った。音声認識システムで、彼が「横浜ランドマークタワー」と指示すると、カーナビは、

「カシコマリマシタ。花巻《はなまき》温泉デスネ」

　というではないか。「えっ」と夫婦が驚き、声が小さかったのかもしれないと、彼が再び「横浜、ランドマーク、タワー」と大きな声をだすと、カーナビは澄ました声で、

「カシコマリマシタ。花巻温泉デスネ」

　と返事をする。

「違う。いい？　よこはま、らんど、マーク、タワー」

　彼がカーナビに顔を近づけて、はっきりと言い聞かせるようにいっても、

「カシコマリマシタ。花巻温泉デスネ」

　を繰り返すばかり、女性の声のほうが聞き取りやすいのかと、彼女に交代しても結果は同じで、夫婦は車内であっけにとられたというのだ。

　昔よりは安くなったとはいえ、カーナビはそれなりの値段がするものだ。なのにこんな調子では、とんちんかんで面白いけれど、役には立たない。十五年もたてば相当、

機械も進化しているだろうに、意外とそうではないようだ。ちなみに夫婦のカーナビは、他の場所はちゃんと認識するのに、「横浜ランドマークタワー」だけが「花巻温泉」になるという。最近は車に乗るたびに、ふざけて「横浜ランドマークタワー」といってみる。そしてカーナビが得意げに、

「カシコマリマシタ。花巻温泉デスネ」

というのを聞いて、夫婦は「そんなに花巻温泉に行きたいのか」といいながら、ははははとむなしく笑っているというのであった。

家電の弱り

以前、この欄で、作動中に防水パンの上を動き回る、うちの九十二年製の洗濯機の話を書いたが、最近、他の家電も不安定な状態になってきた。これらが一度に壊れた場合、買い替える出費を考えるとそら恐ろしく、何とかふんばってくれないかと、様子ばかりうかがっている。

昔、家電というのは、そんなに簡単に壊れなかった記憶がある。国産の品質の良さで、最低十年は使用可能だったと思う。ところが最近の家電は、ちょっと見たところは格好がいいけれど、近寄ってよくよく見ると、安っぽい作りの物が多い。昨年、ファクシミリを買い替えたのだけれど、本体はシルバーでそれなりに格好はいいのであるが、重厚感は全くない。初代のファクシミリは、当時は値段も高かったが、堂々としていて、

「しっかり仕事をします」

という雰囲気が漂っていたのに、今売られているのはそれにくらべると、まるでおもちゃのようなのだ。

今のところファクシミリは、ちゃんと動いてくれてはいるが、問題なのは二〇〇四

年前後に購入した、冷蔵庫、ＤＶＤレコーダー、パソコン、プリンターである。友達に聞いてみると、二〇一〇年のあの猛暑の直後、それほど古くない冷蔵庫が壊れて、買い替えたといっていた。考えてみればうちの家電も、猛暑の後に次々と、不具合が起こり始めた気がする。

冷蔵庫は今まで大きな音などしなかったのが、ぶいーんと耳障りな音を立てるようになった。位置をほんのちょっとずらすと、しばらくはおとなしくしているのだが、半日ほどたつとまた、ぶいーんが始まる。なので、ぶいーんが始まるたびに、狭いキッチンの中で、冷蔵庫の位置をずらさなくてはならず、いったい何が悪いのか皆目見当がつかない。ＤＶＤレコーダーは、ディスクをセットすると、必ず三回は吐き出してくる。むっとしながら、何度も出し入れを繰り返しているうちに、やっと受け付けるような状態だ。

パソコンは、突然、フリーズしたり、キーボードを打っても文字が表示されなくなったりと、冷や汗がでた。現在は目立ったトラブルは起きていないが、いつ何時《なんどき》壊れるかと、どきどきしている。プリンターはこれまで、地道に仕事をこなしてくれていたのに、きちんと接続しているのにもかかわらず、「接続されていません」とうその表示が出る。機械も誤認するようになってしまったのだ。

どうして、一度に家電の具合が悪くなったのだろう。友達は絶対にあの猛暑のせいだといい張る。たしかに人間はぐったりしたが、家電もぐったりするのだろうか。通電して動く機械は熱とか暑さには強いのではないのか。それとも、家電の寿命がきているのか、私の中では結論がでないのであるが、どうしてそろいもそろってこんなことにと、首をかしげているのである。

ラッキーアイテム

占いは若いころだけではなく、歳をとっても気になるものだ。二十代のころは、占いのページを見ているととても楽しかった。特に恋愛運はむさぼるように読み、

「あなたを密《ひそ》かに想っている男性がそばにいます」

などと書いてあったなら、

「うふふ、誰かしら。あの人かしら、この人かしら。まさか彼では……」

と憎からず思っている男性の顔を思い浮かべ、けけけと笑っていた。それと同時に嫌いな男性を思い出しては、まさかあいつではあるまいなと、気分がちょっと暗くなったりもした。今から思えば、あまりに間抜けで恥ずかしい。

「アホか、あんたは」

と過去の自分に対してあきれるばかりだ。

アホな二十代から三十有余年、五十代の半ばを過ぎると、恋愛運などまったく興味がなくなり、健康でいられるかとか、周囲に不幸は起きないかとか、現実的な問題ばかりが気になる。「うふふ」や「けけけ」などという、能天気な笑い声など出てこない。だいたいが、「はああ～」というため息ばかりである。中高年向けの占いに、

「素敵な男性があなたに首ったけ」

と書いてあったとしても、「ふーん」という感想しか湧かないだろう。占いを見ながら、胸がわくわくする感覚はなくなった。とはいえ、雑誌などで、占いのページを目にすると、やはりどんなことが書いてあるのかと、気になって見てしまうのだ。

先日、手にした雑誌の占いのページには、今年一年のラッキーアイテムが書いてあった。他の生まれ月の欄を見ると、レースのハンカチ、黄色の革財布、文庫本といった、いかにもラッキーアイテムにふさわしいものが挙げられている。それを持っていれば、幸運を呼び込めるというわけだ。

「いったい私は何かしら」

と久しぶりにわくわくしながら、自分の生まれ月を見てみたら、なんとそこには

「太鼓のバチ」と書いてあるではないか。

「えっ、太鼓のバチ？」

雑誌を手にしたまま、呆然《ぼうぜん》としてしまった。

レースのハンカチ、財布、文庫本ならば、いつもバッグに入れて携帯できるが、だいたい太鼓のバチはバッグに入るのか？　どこで売っているのかも分からないし、万が一、入手してバッグに入れていたとしても、緊急事態で荷物検査をされた際に、バッグからそんなものがでてきたら、いちばんに怪しまれるではないか。

友だちと会ったときに、これが私のラッキーアイテムと、バッグから太鼓のバチを出して、笑いをとりたい気もするが、苦笑されるのがオチであろう。その結果、今年の私はラッキーアイテムなしではあるが、そんなものがなくても、無事に暮らしていけるわいと、鼻息を荒くしているのである。

太った人

私が若いころから今まで、ダイエットはずっと世の中での関心事になっている。病的な肥満はよくないけれど、私は日本人は痩《や》せている人よりも、太っている人の方が好きなのではないかという結論に達した。今はもめているが相撲文化があるし、力士が歩いていると、近寄ってうれしそうにぴたぴたと体をたたく人がたくさんいる。体に触れて力士から運をもらうという説も聞いたことがあるが、あの太った体を見ると、つい触りたくなる。痩せている人に対して、うれしそうに体を触る人はほとんどおらず、触りたいと思うのは、好感を持っている証拠なのだ。

料理を食べて「まいうー」というお笑い芸人さんも太っているし、最近、大人気のマツコ・デラックスも、あの立派すぎる体形だ。たとえば彼らが痩せていたとしたら、あれほど人気が出なかっただろう。特に体重が百四十キロのマツコさんの方は、女装をしているわけだから、世の中の女性の基準を当てはめれば、今の体重の三十パーセントくらいまで痩せていないと、女の子たちから関心を持たれないはずなのに大人気だ。太っているのが魅力の一つになっている。

ダイエットと騒ぎながらも、人々は太っている人を見ると、うれしくなる。でも自分が太るのが嫌なのは矛盾している。女性は着たい服が着られないのが、太りたくない主な悩みになるのだろうけれども、痩せても永遠に幸せな毎日が送れるわけではない。太っている人はみな不幸になり、痩せている人はみな幸せになるのだろうか。太っているのが一番の原因で、失恋や離婚に至った人はいないと思う。

いい加減で、治療の範疇《はんちゅう》に入らないダイエット問題は、やめにした方がいいのではないだろうか。みんなあれだけ太った人が好きなのだから、太った自分も好きになればいいのである、技能もないのに、ただ体形だけが力士クラスになるのは問題があるけれど、毎日、それなりに元気に暮らせればいい。

最近の若い女性は、本当にか細い人が多い。先日も踏切で電車の通過待ちをしていたら、若い女性がやってきた。何げなく横から彼女の体を見たとたん、いったいこの薄い体のどこに、内臓が入っているのだろうかとびっくりしてしまったくらいである。

生まれ持った体質ならともかく、我慢に我慢を重ねたダイエットを続けるのは大変だ。それによって望み通りの体形は得られるかもしれないが、ストレスはいったいどうなるんだろうかと心配になってくる。

そういう話を知り合いの二十代の女性にしたら、「同じ不幸な状況になるのなら、痩せている方がいいです」と言われてしまった。そういう言葉には耳を貸さないことにして、太った人を見て、かわいいと感じるのだから、自分がそうなっても同じように考えようと、何年も前にダイエットをやめた私は、開き直っているのである。

歩数計

　私はウオーキング、といっても特別なウエアを着るわけでもなく、買い物ついでにひと駅、ふた駅を往復する程度の、四〇分から一時間半くらいのものなので、散歩といったほうがいいかもしれないが、それが日課になっている。もともと方向音痴なので、それを克服するために、わざとそのときの気分で歩く道を変えたりもするのだが、これまで家にたどり着けなかったことがないのは幸いである。

　散歩をしていると、いろいろなものに気づく。古い趣のあるお宅があったり、小さな公園があったり、住宅地のなかに外ネコが集まっているネコだまりがあったり、発見がたくさんある。あまりきょろきょろと辺りを見回していると、不審者に見られるのではと心配だけれど、ものすごく近い場所で旅行しているような、ミニ観光気分になるのだ。

　突然、閑静な住宅地で、元厚生労働大臣の舛添要一《ますぞえよういち》氏と出くわしたときは、声には出さなかったものの、うわあと内心、びっくり仰天してしまった。どうしてこんな場所でと首をかしげたが、彼の事務所がそこにあると知って、ああ、それならばと納得したこともある。

いったい何歩くらい、日々、歩いているのだろうかと、四年ほど前から歩数計を持ち、時折、チェックしている。昔の歩数計は、手に持って振ってもカウントしたりして、精度的にあいまいだったのに、最近のものは手で振ってみても反応せず、歩いたときのみカウントされるほど性能が良い。なので安心して使っていた。

先日の夕方、買い物バッグのポケットから歩数計を取り出して、びっくりした。なんと「38046歩」と表示されている。

「ええーっ」

驚いてその日の行動を思い出してみた。午前中は散歩に行き、仕事が終わった夕方も散歩に出かけた。合計して二時間ちょっとくらいだったのに、あまりに数字が大きすぎる。ためしにメモリーボタンで、チェックをしていなかった、昨日、一昨日《おととい》の歩数を確認してみたら、昨日は「54299歩」、一昨日は「49421歩」と、まるで東海道中膝栗毛《ひざくりげ》みたいな数字になっていた。電池を入れ直したり、ポケットにいれて室内をぐるっと歩き回ってみると、それだけで「500歩」の表示が出た。どうやら壊れてしまったらしい。

歩数計を持っている人のなかには、数値をパソコンに取り込んで、グラフ化している人もいる。線の上下を確認して、たくさん歩けるようになるのを目標に、励みにしているのである。だらっとした性格の私は、そんなことはしておらず、気が向いたときだけ、メモリーされている数字を、どんなものかとチェックするくらいだった。壊れていたとはいえ、実際に歩いているよりも、多く表示する歩数計に対して、購入した多くの人々の気持ちをくんだ、なんと仕事熱心な機械であろうかと、私は妙に感激したのであった。

手ぶらともち肌

十数年来、私の髪をカットしてくれている女性は、雑誌などでのヘアメイクの仕事も多い。私は女性誌を読まないので、ヘアメイク関係の情報は、全部彼女から得ている。

「最近の女性の好みは色白か色黒か」と尋ねたら、ここ何年も色白が流行で、それも人形のような肌が人気だという。毛穴などの肌のへこんだ部分を埋め込むように下地を塗ったり、ラメが入ったパウダーを使って、光の反射を利用してへこみを目立たなくする。といってもメイクでごまかすのには限界があるのだが、最近は雑誌のグラビアの場合は、CG処理でいくらでも肌をきれいに見せることができるらしい。

「だから顔立ちがよければ、肌に多少、トラブルがあるモデルさんでも大丈夫なんです。いくらでも修整できるから、もち肌は関係ないんです」

彼女の話は理解できたが、唯一分からないのは、修整できるから、もち肌は関係ないという部分だった。たしかにもち肌のほうが写りはいいだろうけれど、文脈がちょっと変だ。どういう意味だろうかと考えていたら、彼女のいう「もち肌」とは、私が知っている「餅肌《もちはだ》」ではなく、生まれ持った「持ち肌」という意味だったのである。

「持ち肌」という言葉を初めて聞いたので、それは普通に使われているのかと尋ねたら、「そうですよ」と簡単にいわれた。もち肌といったら「餅肌」しか知らなかった私は、「へええ」と感心してしまった。

それ以後も知らない言葉がたくさん出てきた。「手ぶら」というのは、手に何も持たないことであるが、グラビアアイドルが、海外に水着撮影に行き、「開放的な気分になって、手ぶらで撮影してもらいました」といっていた。たしかに手ぶらだと開放的な気分になるかもしれないが、両手に何も持っていないポーズについて、そんなに特別に話す必要があるのだろうか。首をかしげていたら、それは「手ぶら」ではなく、両手で裸の胸を隠す、つまり手にブラジャーの役目をさせる「手ブラ」だったのだ。

「フルボッコにしてワンパンいれる」という言葉も分からなかった。「フルボッコ」は、昔読んだ、佐藤《さとう》さとる作『だれも知らない小さな国』のコロボックルの親戚《しんせき》で、「ワンパン」は最近、イヌのスイーツがあるから、イヌ用のパンかと思ったが違っていた。「フルボッコ」は相手をぼっこぼこに殴ることで、「ワンパン」は「ワンパンチ」の略だった。ほのぼのとした童話と動物などではなく、相手をぼこぼこに殴ったうえに、もう一発、パンチをくらわすという意味だったのだ。

私は文章を書く仕事をしているが、最近の言葉は本当に分からない。ぼーっとしているとどんどん置いていかれそうだ。これからも世の中にはいろいろな新しい意味を持つ言葉が登場してくるのだろうが、はっきりいってその変化についていける自信はないのである。

プレ

一歳半の男の子を持つ、四十三歳の女性の知人がいる。高齢出産だったこともあって、「子供が生まれた後も、若いお母さんたちとうまくやっていけるかしら」と心配して、出産直後から、赤ん坊や幼児を連れているママたちが集まっている、近所の公園をリサーチしていた。

子供が生後半年になったとき、初めてその輪の中に入っていくと、新規参加者にはみな興味津々で、赤ちゃんの性別、月齢はもちろんのこと、住居、夫婦の年齢、職業、夫とのなれそめ、姑《しゅうとめ》と同居か否か、など、妻の守秘義務である夫の月収と預貯金以外は、あっという間に知られてしまった。十人近くのママたちに、矢継ぎ早にあれこれ聞かれて、彼女はびっくりしたが、とりあえずは陰険そうな人がいないので、ほっとしていた。

特に仲よくなった二十代のママ友が二人いた。Aさんには自分の息子よりも二カ月年上の女の子、Bさんには三カ月年上の男の子がいる。子供の年齢が近いママ友のほうが、共通の話題が多いので、親しくなりやすい。子供が成長するにつれて、三人だけで会うようになり、健診の情報や子供の成長について話し合っていたのだが、

「最近、Aさんが『プレ、プレ』って、うるさいんです」

　と知人が嫌そうな顔をした。最初は三人とも子供の成長のみに関心が集中していたのに、Aさんだけが過剰に幼児教育に興味を持ち始めた。どういう根拠か「うちの娘はかわいらしいうえに頭がいい」と自慢をし、「将来は間違いなく国際的に活躍するようになる」と、夢というよりも妄想に近い話をするようになった。いつも聞き手に回っている知人とBさんは、彼女に会った後はどっと疲れてしまうというのだった。

　Aさんは日本語禁止の「英語のプレ」は絶対に欠かせないから、すぐに通わせるといっているらしい。「プレ」というのは小学校に上がる前に、社会生活に慣れさせたり、英語、絵画、スポーツ等に親しませる予備校で、生後七カ月から通える教室もあるという。

「まだ日本語すら話せないのに、英語を詰め込もうっていうわけ？」

　私がびっくりしていると、知人は、

「取り寄せたプレの資料を、得意げに何冊も見せるんですよ」

　とため息をついていた。

　彼女たちの憧《あこが》れの存在は、ゴルファーの石川遼《いしかわりょう》くんと聞いた。彼を見ていると、きちんと正しい日本語が話せる下地があってこその、英語という気がするのだが。「這《は》えば立て、立てば歩めの親心」という言葉もあり、親ならば誰でもわが子にはと、夢

と希望を託すものだけれど、

「卑下する必要は全くないけど、自分たちから生まれたんだから過剰な期待も問題よね」

と知人と私は、クールにうなずき合ったのである。

アイドルの顔

四十代の半ば過ぎから記憶力が低下していて、なんとか歯止めをかけなければと考えている。仕事はなんとかやっているが、それ以外の記憶力に関しては、自信が持てないことばかりが起こるのだ。

たとえばAKB48が大人気だけれど、以前は写真を見て、顔と名前が一致する子が二人くらいだった。せっかく覚えたのに、卒業していなくなり、テレビに彼女が一人で出ていたりすると、「とってもよく似ているけれど、私が名前を覚えているあの子かしら」と不安になる。間違いないとわかるとほっとするのだが、最後まで名前がわからないと、気になって仕方がない。記憶力に支障を来したのではと心配になるのである。

私は彼女たちを顔のパーツで覚えていたわけではなく、立ち位置や、周囲の子よりも背が高いとか、ヘアスタイルといった情報を名前と一致させていた。なので動かれたり、ヘアスタイルを変えられたりすると、誰が誰やらわからなくなる。

還暦を迎えた三歳年上の友人などは、芸能人の名前なんて覚える気がないと開き直っている。なので、「かわいいのと怖いのが歌ってて、日に焼けた男たちが、後ろでぐるぐるまわってる」などという。私はそのヒントから「EXILE」という答えを導き出さなくてはならない。

国内グループでさえ怪しいのだから、「KARA」「少女時代」といった、韓国の女の子たちの顔も、もちろん区別がつかない。現在の私の認識は、人数が少ない方が「KARA」（たしか五人）で、多いほうが「少女時代」（人数は知らん）である。

こんな具合なので、二組のなかから五人を選び、彼女たちが「KARA」だといわれても、何の疑いも持たないし、持てないのだ。

こんな話を若い人にしたら、AKB48のなかで、完璧《かんぺき》に判別できるのは何人かと聞かれた。私が首をかしげていると、「最低、今年の総選挙のベストテンに入った子くらいは、覚えておいたほうがいいですよ。でも『KARA』と『少女時代』は気にしなくていいです。私も区別がつかないし、韓国に住んでいる、友だちの韓国人の女の子にそういったら、彼女も区別がつかないっていってましたから」といった。本国の若い人にも区別がつかないのなら、外国人のおばちゃんにわかるわけがないと、ちょっとうれしくなった。

記憶力と認知力を鍛えるために、まずはAKBの総選挙ベストテンから顔面認識に励み、一位から七位まではクリアできた。こんなことを覚えなくてもと思わないでもないが、努力を積み重ねていけば、脳が衰えないのではと勝手に考えている。

残りの三人についても顔を見たとたん、すかさず名前が出るようにと、脳を刺激している毎日なのである。

負け犬の掟《おきて》

七年ほど前、酒井順子《さかいじゅんこ》さんが書いた、『負け犬の遠吠《とおぼ》え』という本がベストセラーになった。結婚して子供を持った女性を勝ち組とすると、三十五歳を過ぎて結婚もせず、子供もいない女性を「負け犬」と表現したのだが、負け犬の総大将のような私としては、その開き直りみたいなものがとても面白かった。同時に昔に比べて、女性にさまざまな選択肢が与えられるようになった現代でも、未婚で子供がいない女性は、肩身が狭いのかなあと首をかしげたりもした。

本が出版されて以降、

「負け犬ですから」

といわれると、何もいわなくても彼女の現状がすべてわかるようになった。負け犬ちゃんたちは、そういいながら「うふふ」と笑っていた。彼女たちは、絶対に結婚もせず、子供も産みませんと固い決意を持っているわけではなく、いろいろな事情やタイミングが重なって、現在はそのような状況になっている。本人が結婚したくてたまらず、子供もほしいと焦っていて、「負け犬」呼ばわりされたら、腹が立つかもしれないが、今の自分の生活にそれなりに満足している女性たちは、「負け犬」といわれることを、面白がっているように見えた。

ある日、一人の負け犬ちゃんが、同僚の負け犬ちゃん仲間について、

「五歳年上の彼氏ができたんですよ。手をつないで歩いているのを、私、二度も見たんです」

と教えてくれた。彼は取引先の男性で、社内の人たちも二人が親密そうにしている姿をたびたび目撃している。年齢も年齢だし二人は結婚するのではと噂されているという。それを聞いた私は、

「これで彼女は負け犬じゃなくなるわけね」

というと、教えてくれた彼女は、

「違います」

と真顔になった。負け犬でなくなるためには、まず結婚をしなくてはいけないわけだからと説明しようとすると、

「結婚すればいいわけじゃないんです。あの程度の男だったら、結婚しても負け犬のままです。いえ、負け犬以下かもしれません。みんながうらやむような相手をつかまえて、初めて負け犬から抜けられるんです。容姿も性格も仕事もいまひとつの、あんな男と結婚するくらいなら、一人でいたほうがずっとましです」

というではないか。せっかく彼氏ができたのに、ひどいいわれようで気の毒だと思

いつつ、「負け犬よりも下」といわれた男性を、こっそり見てみたくなった。負け犬ちゃんには社会的な経験もあり、生活力もある。そう簡単に彼女たちのお眼鏡にかなう男性は出てこないのではないか。「負け犬ちゃんの掟は厳しいねえ、そりゃ大変だわ」と、私は自分のことは棚に上げ、彼女たちの将来を案じたのであった。

インターネットショッピング

最近はインターネットで買い物をすることが多くなった。以前は本を買うのだけは、書店に行こうと思っていたのだが、私の散歩範囲にあった、愛すべき個人書店が次々に廃業してしまったので、それならばインターネットで買っても同じと、本も買うようになった。資料などをまとめて買うときには、何十冊も一度に購入できるので、とても便利だ。しかしやはり店頭でないと目にできない本もたくさんあるので、インターネットでチェックして、外出したついでに都心の書店で購入することもある。他にも衣類、ネコ用缶詰やトイレの砂、カーテンなどのかさばるインテリア用品も買う。ほとんどの店は問題がなかったが、なかには「えっ？」と驚くような店も幾つかあった。

八年ほど前、インターネットの呉服店で、単衣《ひとえ》の木綿の反物を買った。高額なものでもなくごく普通の品物なので、自分で縫おうかと思っていたのだが、インターネットの開店セールで、手縫いの仕立代が半額になるというので、注文してみた。

しばらくして、頼んだ記憶がないウナギが家に届いた。ノートパソコンくらいの大きさの薄い箱には、ウナギの絵と大喜びで蒲焼《かばや》きを食べている町人の絵が描いてある。

何だろうと開けてみたら、畳めるだけ畳んで小さくなった、注文した着物が入っていた。

いくら仕立代が半額とはいえ、こんなに小さく畳んで送るのは問題なのではと、店に連絡をしようとしたら、すでに店主からおわびのメールが届いていた。それによると、縫ったのは彼の母親で、仕立て上がった着物は店から発送するといったのに、勝手に送ってしまったと謝っていた。

お母さんとしては、縫い上がったから、すぐに送ってあげましょうと、手近にあった箱に入れたのだろう。しかしこういってはなんだが、仕立てはいまひとつ。お金をいただけるプロの仕立てと、知り合いの子に縫ってあげるのとでは違うのだ。悪意がないのは十分わかるけれど、すべてをひっくるめて、仕事をしてお金をいただく店には、なっていなかったようだった。

なかには在庫があるように書いているものの、注文すると実は在庫がないといわれ、何日も待たされる場合もある。たまたまそうなのか、それが店側の戦略なのかはわからないが、何度か不愉快になった。誠実な店では、取り寄せにかかる日にちが明記されているので、そうではない店が多いのも事実なのだ。

店の人と顔を合わせて物のやりとりをするのが、本筋だとわかっているけれど、買い物をして、店のメンバー登録などを断ると、「ありがとうございました」もいわず、不愉快丸出しの顔をする店員にでくわしたりすると、うんざりする。そして嫌な思いをするならばと、インターネットで買い物をしてしまう。買い物は運次第といったような状況に、なんとかならないかなあと悩んでいる。

盛ってる

パソコンや携帯電話の普及で、ブログを開設しているブロガーが増え、自分の考え、生活、趣味を世の中に公開している。私はブログもツイッターもやらないけれど、知り合いのブログや、自分と同じ趣味のブログを見るのは楽しみだ。仕事の合間に不細工でかわいいネコたちの画像を見ては、顔の筋肉をゆるめたり、編物や三味線関係のブログを見ては、「へえぇ」と感心したりしている。ブログは一度開設すると、こまめに更新しなければ意味がなく、一日に何度も更新する人もいると聞いた。写真や文章をそのつど選んで打って、公開する手間も大変だろう。

「みんなこまめに更新しているなあ」

と尊敬のまなざしで見ているのである。

つい先日、編集者の若い女性とブログの話になり、

「いろいろな人がやってますけど、なかには『盛ってる』人も多いらしいですよ」

という。盛ってるってどういう意味かと聞いたら、

「本当はそんな生活などしていないのに、しているふうに装ってるっていうことです」

というのだ。彼女の友人の、家の近所に住んでいる主婦のなかに、ブロガーがいる。ご近所で彼女とは顔見知りなので、それを知った友人が、興味を持って見てみたら、最初はごく普通の主婦の生活のブログだったのに、最近の記述になるにつれ、

「あれ？」

と首をかしげる内容になってきた。

「今日のランチはこれです」

と画像が掲載されているのだが、それが主婦が家で食べる一人の昼食にしては、とても豪華なのである。まるでホテル内のカフェで出てきそうなのだ。それがほぼ連日繰り返されているので、その主婦と親しい近所の人に聞いてみたら、

「ああ、あれはね、盛ってるの」

ときっぱりいわれた。ブログのために市販の調理品を買ってきて、それをうまく盛りつけて、さも自分が作ったかのようにしているのだった。

「晩ご飯もたまに盛ってるみたいだし、子供用の手作りバッグも、お母さんに縫ってもらったのを、自分が作ったっていってるのよ。あの人、本当はカップ麺《めん》が大好きで、家の中に安売り店でまとめ買いした段ボールが積んであるんだから」

ブログは自分のありのままを表現する手段ではなく、虚構を演じる手段でもあった。その盛ってる主婦と親しい人々は、ブログを見ても、

「ああ、またやってる」

くらいにしか思わなくなったという。主婦は自分の憧《あこが》れの生活を演じているのだろうが、まめな性格には変わりはないので、私は「よくおやりになっていますね」と、その点のみ、心の中で認めて差し上げたのである。

禁煙

たばこの値段が上がるの上がらないのと話題になっている。私は大学生のときに、好奇心で吸ってみたけれど、これは自分には合わないなとすぐにやめ、それ以来、吸っていない。喫煙者にとっては、愛用している品物の値上げはきついだろうが、価格によってはやめるという人が多かったのは意外だった。昼食はなるべくワンコインで済ませようとしているのに、嗜好品《しこう》のたばこが千円近くとなったら、それは考えざるを得ない。たばこはいくら吸っても、おなかがいっぱいにならないのが、つらいところなのだろう。

私の知り合いのなかに、女性二人を含めた六人の喫煙者がいて、全員禁煙に成功した。私は父が缶ピースを吸っていたので、たばこの煙には慣れていた。好き好んでたばこの煙の中に入ってはいかないが、知り合いが目の前で吸っていても、何とも感じなかった。

たばこが病気を発症する要因になるといわれてから、たばこを吸う人がいると、露骨に嫌な顔をして煙を手であおいだり、吸うのをやめなさいと注意する人もいた。たしかに非喫煙者がいる前では、気をつかったほうがいいけれど、公共マナーに反したり、周囲に迷惑をかけない場所ならば、個人の嗜好の問題なのだし、別に吸ってもいいのではないかなあと思っていたのだ。

聞いた話によると、喫煙者にアンケートをとったところ、禁煙をしてみたのが三割で、そのうちの四割が一年後も禁煙状態を続けているという。それから考えれば、私の知り合いの十割の禁煙成功率はすごい数字である。禁煙に成功した女性二人は、禁煙用のガムをかんでいた。当初は人がたばこを吸っていると吸いたくなり、吸えといわれれば吸えるといっていたけれど、七年たっても一本も吸っていない。

他の四人の男性は編集者で、仕事のときには、たばことコーヒーがセットになっていたので、その習慣を変えるのが大変だったらしい。きっかけは奥さんの妊娠や、毎朝、近所を走るようになったから、前ほどたばこを吸いたくなくなってきた、健康のためと、さまざまだ。コーヒーの量は少し増えたものの、現状を維持し続けている。なかには禁煙用のガムに依存性が出てきたので、きちんと禁煙外来に通って、それで禁煙できたという人もいた。

そして男性たちは口をそろえて、

「たばこを目の前で吸われると、腹が立つ」

というのがおかしかった。自分たちが我慢しているものを吸っているというやっかみではなく、人としてどうしてあんなものが吸えるのかと思うようになったらしい。

それまで平気で何箱も吸ってきた人がそういうのは、私のような吸わない人間以上に、よくも悪くもたばこというものが、より深くわかるからなのに違いない。そして意志の弱い私は、自分が喫煙者だったら絶対に禁煙は無理だと、禁煙成功者に深い敬意を表すのである。

おまけ

いつだったか、はっきりとは覚えていないが、書店に行ったときに、女性誌が積み上げてある平台の一部が、妙に嵩《かさ》高くなっているのを見かけた。「いったい何だ」と近寄ってみたら、それらの女性誌にはおまけがついていて、それが挟み込んであるために、一冊がとても分厚くなっている。雑誌は太いゴムバンドやひもでがっちりと留めてあってガードも堅い。

私は資料以外にほとんど女性誌は買わないので、

「へえ、おまけがついているのか」

と眺めていたら、すぐに他の雑誌も真似をしておまけをつけるようになり、女性誌の発売日には、店頭に大荷物が並ぶようになったのである。

うちの両親はとても仲が悪く、しょっちゅう喧嘩《けんか》をしていたが、「烏《う》合《ごう》の衆になるな」と、「おまけで釣られるような人間になるな」という考え方だけは一致していて、そのように躾《しつ》けられた。そうはいわれても子供なので、やっぱりおまけが欲しくて、グリコのキャラメルは買ってもらった。当時母が読んでいた婦人雑誌には、おまけのような付録がついていたけれど、編物、和裁、料理の冊子だったと思う。

女性誌のおまけは、ポーチ、バッグなど、デザイナーやメーカーとのコラボや、オリジナルで、その雑誌を買わなければ手に入らない物ばかりらしい。おまけ目当てで雑誌を買い、中身はろくに読まないといった人も多いと聞いた。以前、子供向けのチョコレートにキャラクターのシールが封入されていて、レアもの欲しさにチョコレートを山ほど買い、本体は捨ててシールのみを集めるのが問題になった覚えがあるが、それと似たようなものなのだ。

町中を歩いていると、何人もの女性たちが、同じ柄とロゴのバッグを持っているのを見た。店で売っているものほど立派ではなく、手作りであんなに同じバッグを持っているわけがないと首をかしげていたら、それがおまけだったのである。たくさんの人が同じ物を持っているのは嫌じゃないのだろうかと思うのだけれど、彼女たちはそうではないらしい。相当、気に入っているのか、薄汚れているのに持ち続けている人もいた。それだけ使ってもらえれば、版元もうれしいだろうが、傍《はた》で見ているとたくさんの女性が、同じおまけを喜んで持っている状況に、疑問を感じてしまうのだ。

おまけをつけた女性誌は、売り上げ倍増だそうである。それだけおまけに釣られる女性が多いわけだ。私がお金を出して買ってあげているわけではないから、まあ、いいのだが、ちょっと嘆かわしい。そしてつい先日書店に行ったら、唯一、たまに購入していた雑誌まで、おまけをつけるようになっていた。それを見たとたん、「ああ、おまえもか……」と気持ちが萎《な》えてしまった。そして「さようなら」とつぶやいて、悲しい気持ちでその場を立ち去ったのだった。

帽子

寒いこともあるのだろうが、帽子をかぶっている人が、以前にも増して多いような気がする。中高年が防寒でかぶることはあったけれども、最近は若い人たちの帽子人口が多くなった。手作り人気が復活し、編み物も簡単に編める帽子から挑戦する人がいたり、売られている帽子も、でっかい頭でも男でも女でもOKの、融通が利く手編み風のニットキャップが多い。

男性の場合、長髪が流行した時期には、せっかく伸ばしてカラーリングもし、手入れも行き届いた髪を、帽子で隠すのはもったいなかったのか、かぶっている男性はあまり見掛けなかった。ところが長髪もカラーリングも、今風ではなくなり、短髪の男性が増えてくると、お洒落《しやれ》の一部として、帽子をかぶるようになったようだ。最初は躊躇《ちゆうちよ》しても、試しに一度かぶってみると、防寒を兼ねたアクセサリーになり、毎日かぶっていると、そうでない日は何か忘れ物をした感覚になるという人もいた。

私がまだ中学生のときだったから、四十数年前の話になる。同級生のAさんのお父さんは、とても優しい穏やかな人だったが、四十歳になっていないのにすでに髪の毛が薄かった。会社を経営している裕福な家だったので、彼の身なりはとてもよく、参観日にはスーツにネクタイ姿で、ソフト帽をかぶって来ていた。ところが運動会にやってきたお父さんを見て、クラス一同は驚いた。明らかに不自然なほど毛量が増えていたのである。それを見てみなざわざわと騒ぎだし、目の前で行われる各種競技よりも、お父さんの頭が気になって仕方がなかった。

男子の一人が「おまえのお父さん、かつらだろ」とAさんに言った。彼女は素直にうなずき「でもお父さんは『これは毛の帽子』っていうの」と困った顔をした。それを聞いた一同は、お父さんに聞こえないところで、「わあーっ、毛の帽子、毛の帽子」とはしゃいで大笑いした。Aさんの話によると、家族がみな反対したのにもかかわらず、お父さんはかつら着用を決断した。ひと目でばれる形状なので、かつらの上に前のようにソフト帽をかぶって、少しでも隠してくれたらいいのに、お父さんはそちらのほうは使わなくなった。どうしてかと聞いたらば、「帽子の二段重ねになるので、挨拶《あいさつ》するときに一緒に取りそうになるから」と言ったそうである。それからも彼は「毛の帽子」をかぶり続けていたが、年々、生まれたときからそのような毛が生えているかのように、ある意味で自然な感じになっていった。

帽子というものは最初はなれなくても、かぶっているうちにどんどん、体の一部のようになって似合ってくるという。それをお父さんはあの時代に証明していた。「かぶりものはとにかくかぶり続けると、顔になじんで自然に見えてくる」という説に、私は彼の姿を思い出して深く納得したのであった。

ランドセル

今年も四月になると、小学校の新一年生が自分の体の半分くらいありそうな、大きなランドセルを背負って登校するようになる。小学校にあがる子供や孫を持っている人たちにとっては、何よりもうれしいことだろう。

私の周囲にはそのような年齢の子供がいないので、ランドセルを間近に見る機会はない。テレビのCMを見ていると、小さな体に負担がかからないように、背中に当たる部分に工夫が施されていたり、学校で配られるプリントのファイルが入るように、大きさが改良されたりと、ランドセルも進化しているようだ。しかし私が子供のころは、ランドセルを背負うのはせいぜい四年生くらいまでと、子供たちのなかでは暗黙の了解があり、五年生になると、自分たちはお兄さん、お姉さんなのだから、もうランドセルなんか背負わないと、男子は布製の肩かけ、女子は手さげ鞄《かばん》で登校していた。

六十三歳の私も、おかっぱ頭の女の子だった時代がある。小学校入学を控えたある日、両親がランドセルを準備してくれた。私が楽しみにしていた、デパートで見たランドセルは、つやつやに光ってぷっくりと膨らんだ形をしていた。ところが私の目の前に置かれたのは、期待していたつやつやぷっくりのランドセルではなく、しわしわ

でちっとも膨らみがなく、妙に平べったいランドセルだった。「あれ？」と首をかしげたものの、両親が満面に笑みを浮かべて、

「よかったねえ、これで小学校に通うんだから、立派なお姉ちゃんだねえ」

と口々にいうものだから、だんだんその気になってきて、それなりに喜んで使っていた。

そのときのことを、ランドセルのCMを見て急に思い出した。父親の友達の娘さんが私よりも四歳年上で、四年生になるときに公立小学校から、制服のある私立小学校に転校したという話を、後日両親から聞いたことがあったと思い出したのだ。

ちょっとおかしいなと思いつつ、しわしわのランドセルを背負って学校に行っても、同級生に何もいわれなかった。子供は自分たちと違うものを持っている子に対して、必ずからかったりしたが、それがなかったので安心したのかもしれない。たまに同級生のランドセルと見比べて、やっぱり平べったいとは思ったが、四年生まで使ってその後は忘れてしまった。しかしこの歳になって小学生のときの疑問が蘇《よみがえ》ってきたのだ。

あれはお下がりに間違いない。まだ使える不用品を有効に使うのは美徳ではあるが、両親としては娘が小学校にあがるのに、そのランドセルがお古とは正直に話しづらかった。なので「よかった、よかった」と娘をよいしょして、その場をしのごうとしたのだろう。私もランドセルについて、両親にあらためて聞こうとはしなかった。両親

の褒め言葉にうまいことだまされて、喜んで通学していた私はなんて素直だったのかと、当時の自分がいじらしくなってきたのであった。

エスカレーター

最近、エスカレーターに乗ろうとすると、

「あれれ」

とタイミングを外すことが多くなった。上りのエスカレーターだと、自分のタイミングですっと足を踏み出せるのだが、下りだとだめなのだ。特に後ろから人が来る気配がすると、急がなければと余計に緊張する。頭が「さあ、乗れ」と指令しているのに、足のほうは、

「あわわわわ」

と前後前後と小刻みに動いて、スムーズに乗れない。これも年齢のせいなのかと、ため息をついた。

若いころは歩く延長で、何の問題もなく乗れた。しかし今は、上りはまだしも下りになると、何かあったら転げ落ちるかもという防衛本能が働くのか、さっと足が出なくなった。

万が一、私がここで足を滑らせたりしたら、目の前の降りている人々を、背後からなぎ倒しかねない。それはえらいことになると、慎重を期すものだから、躊躇してし

まうのである。

手すりにもつかまったことがなかったのに、何かあったらいけないと、特に下りのときはしっかりと手すりを握るようになった。これも若いころは、どうしてみんな手すりを持つのかわからなかった。両手に荷物を持っていても、そのまま仁王立ちで平気だったし、よろめきもしなかった。ところが今は軽い荷物しか持っていなくても、

「さ、手すり手すり」

としっかとつかむ。こちらも体がとっさの出来事に対応できないと本能的に認識して、手すりを持つ行為に及ばせるのだろう。

そんな話を友だちとしていたら、彼女は、

「このごろは下りのエスカレーターのてっぺんで、もたもたしていても、周りの人に嫌な顔をされなくなった」

と言った。以前は後から来た人たちが、彼女の姿を見て、露骨に舌打ちをしたり、いったい何やってんだというような顔をした。ところが最近は、彼らはもたついている彼女を右側から追い越して、次々にエスカレーターに乗っていく。

「きっと見るからにおばさんになったからなのよ。だからみんな、しょうがないなあと、あきらめてくれているのだと思うわ」

彼女は笑っていた。それはおばちゃんの私たちにとって朗報ではないか。周囲の

人々から、もたもたしていて当たり前の人と認識される。そう思ってもらえれば、こんなに気持ち的に楽な状況はない。

人に迷惑をかけてしまうのではと心配になるから、あの次々に出てくる階段に対して、足が出たり引っ込んだりするのだし、そのあげくに下手に焦って事故など起こしたら大変だ。還暦間近になったわれわれとしては、周囲の若い方々には多少のことは目をつぶっていただき、安全第一でいこうと、彼女と話し合ったのであった。

赤ちゃん

最近の赤ちゃんの顔を見ると、生後一ヵ月というのに、目はぱっちりと鼻筋も通り、みな顔が整っていて、とてもきれいだ。私の知人が男の子を出産した際、ひと月後の赤ちゃんの写真をメールで送ってくれたのだが、生後一ヵ月で、こんなに目もぱっちりでかわいらしく、きれいな顔をしているのかと仰天した。おまけにすでに家族と会話を交わしていそうなくらい、しっかりとした顔なのだ。

父親が撮影した、生後一ヵ月くらいの私が、祖母にたらいのお風呂《ふろ》に入れてもらっている写真が手元に残っている。しかしこれが、われながら「なんだこりゃ」といいたくなるくらい、妙な生き物なのだ。これが今の自分になったなんて、想像できない。

顔はしわくちゃのくっちゃくちゃで、もちろん表情が読み取れるわけもない。六十年以上前の自分の顔を眺めていると、しみじみ「人間の祖先はサルなんだなあ」と深く納得せざるをえない。私だけがサルに近かったわけではなく、当時の大半の赤ちゃんがそうだったと思うし、ヒトの顔になるまで時間がかかった。しかし今の赤ちゃんはそのサル度がゼロで、生まれてすぐにヒトの顔になっているのである。

昔は学年に一人はいた、運動会でヒーローになる、運動神経抜群のサルに似ている顔立ちの子など、最近は見かけた記憶がない。みんなすっとしたきれいな顔立ちの子供ばかりで、おまけにスタイルがいい。よちよち歩きのおむつをした幼児は、地べたにおむつが触れそうなほどの短足で、ころっとした体形と決まっていたのに、今の幼児はすらっとして妙に腰高だ。そんな幼児が成長していくのだから、今の小学生のスタイルのいいこと。脚だけが伸びているのではないかと錯覚するし、残念ながら成長とともに、座高ばかりが伸びてしまった私と並んだら、彼らの脚の付け根が、胸のあたりに届きそうなほどだ。

環境によってヒトは変化するらしいが、日本人の生活が欧米化するにつれて、容姿も欧米化してきたようだ。両親とも日本人なのに、まるで欧米人とのハーフのような、目がぱっちりして鼻も高い顔立ちの子供もたくさんいる。両親はごく普通の体形なのに、その間に生まれた子供たちは、親よりもずっとスタイルがいい。いったいこれは何がどう作用しているのだろうか。先祖のＤＮＡを受け継いで生まれてくるのに、外見だけは欧米化する。外見は欧米なみに美しいけれど、日本人が持っている体質の利点も受け継いでいるのかどうか、ちょっと気になる。

そんな欧米顔の赤ちゃんが多いなかで、たまにまさに昭和の子といいたくなるような、まん丸顔で目が細く、体がどーんとしている、素朴な土人形のような赤ちゃんを見かけることがある。相撲取りが超ミニサイズになったような姿を見ると、私は興奮してしまい、これぞ貴重な日本の赤ちゃんと、絶滅危惧種《きぐしゅ》として認定したくなってしまうのである。

夫婦

最近、近所を散歩していると、高齢のご夫婦が仲よく並んで歩いている姿をよく見かける。ゆっくりと歩きながら、道沿いのお宅の庭木を眺めたり、鳥の声が聞こえると空を見上げたり、穏やかさを絵に描いたようである。これまでの人生には、山も谷もあったはずなのに、それを夫婦で乗り越えて、最後はとても仲よしというのが素晴らしい。

私の周囲を見ていると、新婚当時は幸せ全開だったのに、夫婦が四十代になったころから、さまざまな問題が噴出する。妻は夫の鈍感さにあきれ、夫も妻の言動にうんざりし始める。お互いに話し合う時間の余裕もなく、腹を立てているうちに、気持ちがどんどん離れていくようだ。

二十数年ほど前、編集者から聞いた話である。彼が勤めている出版社は、発行している雑誌に賞を設けていて、小説を公募して優秀作を単行本化していた。さまざまな内容の原稿が送られてくるのだが、そのなかのミステリー小説のほとんどに、一つの傾向があると教えてくれた。

「殺される被害者が、ほとんど主人公の妻なんです」

ミステリー小説となると、殺人事件がつきもので、当時は応募してくるのも男性が多かった。送られてきた原稿を、選考委員に渡す前に、編集部で下読みをする際、あまりに妻が事件に巻き込まれて亡くなる設定が多いので、編集部でも驚いた。なかにはここで妻が犠牲になる必要など全くないのに、無理やり、消された印象がある内容のものもあったという。

夫は自分ではもちろん、そんな罪を犯せないから、せめて小説のなかだけでも、妻にはいなくなっていただきたいという願望を込めたらしい。またパソコンも今ほど一般的ではなかったし、ワープロはあったけれども、まだまだ手書きの人が多かった。

「原稿用紙を見ると、妻が亡くなる場面になると、思わず力が入ってしまうみたいで、明らかに筆圧が強くなっているんです」

なかにはあまりに自分の気持ちを噴出させすぎて、途中から「妻」という漢字を書き間違えて、最後までずっと、「毒」になっていた原稿もあった。似てるけど「麦」はなかったらしい。

「小説のなかで妻を消して、溜飲《りゅういん》を下げているんでしょうねえ」

編集者は苦笑していた。原稿を書いている夫のほうは、さぞや楽しかったことだろう。彼らにとっては、賞よりも妻を消す小説を書くことに意義があったに違いない。

このように少しずつこっそり鬱憤《うっぷん》を晴らしていたほうが、高齢になっても仲よしの夫婦でいられるような気がする。妻の姿を横目で見ながら、夫が「消してやった」とほくそ笑む。小説の出来はともかく、夫婦関係を維持するために、うまくガス抜きしている彼らの努力に、未婚の私は頭が下がるのであった。

若い社員

先日、四十二歳の知り合いの女性と会ったら、

「若い社員たちの行動が理解できない」

と怒っている。次長職の彼女には二十代の部下が何人かいて、感じが良い若者ばかりだと思っていた。仕事をしているとトラブルも起きるものだが、それが発覚したときの彼らの対応がみな同じだというのだ。


あるとき、彼らの仕事のやり方に問題があると感じ、メールで「この件について説明をしてほしい」と連絡した。しかし全く返事がない。何度もメールをしたのに、完全無視だった。プライベートで、約束したのに連絡がこなかったというのならともかく、仕事に対して上司が疑問を持ったのに、それを無視するなんて、どういうことなのかと、私はびっくりしてしまった。私が会社員だった時代には考えられない。そんな態度をとるなんて、社会人として言語道断ではないかというと、彼女は、

「それが今は平気になってるんです」

とため息をついていた。


もちろん彼らはメールが苦手だったり、嫌いなタイプではない。自分が得意な分野

や興味のある事柄については、うるさくなるくらい、彼女のところにも何度も長文のメールを送ってくる。なのに自分が明らかにまずい立場になると、上司からのメールでさえ、無視をする。つまりそれが仕事をしているうえで、どんな重要な意味があるかは関係なく、自分には興味がなく、内容も不愉快なのでほったらかしにしているのだ。

何度、メールを送っても無視されたので、彼女が彼らの席に行き、「返事が欲しいといったのに、どうして何も連絡してこないの」とたずねると、彼らは上司の顔を見ようともせず、パソコンの画面に目をやったまま、

「別に……」

という。彼女はみんなそろいもそろって同じ態度をとるのが不思議だと首をかしげる。

「だいたい『別に』なんて、返事になってないですよ。問い詰めると、もうあとは黙りこくったまま、また無視です」

彼女が勤めている会社は、入社するのが難しく、偏差値の高い人々がそろっている。

「最近は日本人の質が違ってきたので、今までの感覚だとやっていけないです。ひどいときにはしかると親がしゃしゃり出てきて、文句を言ってきますから」

偏差値の高い大学を出て、入社した時点で、自分は特別な人間だと自信過剰になり、

人からあれこれミスを指摘される立場にはないと、勘違いしているのではないだろうか。人間はトラブルが起こったときに、対応の仕方を見ればその人の本性が分かるものだが、彼らは家庭や学校でいったい何を教育されてきたのか。偏差値が高くても、礼儀、素直、謙虚という言葉は知らなかったらしい。

話を聞いて無性に腹が立ってきた私は、「社会人になりたてのひよっこのくせに、いったい何様だと思っているんだ」と、全員まとめて怒鳴りつけたくなったのである。

夏の過ごし方

ここ何年か、東京は初夏から夏場を過ぎても、ずっと湿気が多い日が続くようになった。夕立という言葉には風情があるが、ゲリラ豪雨では趣も何もあったものではない。昔は夕立が降ったとしても、その後にはすっきり晴れて、さっと熱気がひいたけれど、最近は曇り空になって、地べたからむっとした湿気が上がってくる。延々と湿気に包まれたような気分になるのだ。

こんな環境のなかで、いちばん困るのが夏の過ごし方である。私はこれまでなるべくクーラーを使わないようにしていて、それで済んでいたのだが、医療関係の仕事をしている知り合いから、

「最近は明らかに環境が変わっているので、冷えすぎないように気をつけて、クーラーは使ったほうがいいわよ。それじゃないと体に負担がかかるから」

と注意を受けた。

私は上はTシャツ、下も短パンなどではなく長いチノパンが夏の定番スタイルだった。しかし、前出の知り合いが、

「Tシャツは暑いのよ。風がよく通るスモックやチュニックがあるでしょう。あれが

一番いいわよ。本当に涼しいのは、おばあちゃんが着ていた、あっぱっぱだと思う」というので、盛夏にゆったりとしたトップスを着るようになったら、あまりに快適でTシャツには戻れなくなった。体の周囲に風が通りぬけると、本当に快適なのだ。

おしゃれが命の若い娘さんたちは夏場、家にいるときにどうしているのかと聞いたらば、即座に「裸族です」と答えた。とにかく涼しく開放的な気分になるのが第一で、それを追求したら裸になったという。

「外に出るときにはとても気を遣うんですけど、家にいるときはどうでもいいんです」

この落差もすごい。いくら一人暮らしでも、裸で家にいるのはまずいのではないかとたずねると、隣のマンションの開いた窓にふと目をやったら、自分と同年配の女性と目が合った。そのとたん、お互いにぎょっとした顔をして、さっと目をそらしたのだという。

「お互いに肩あたりしか見えなかったはずですけど、あのうろたえぶりは、裸族に間違いないです」

宅配便がきたとき、ピンポンが鳴って応対する声が聞こえたのに、なかなかドアが開かない場合も、そこの住人は裸族らしい。

「そんな広い部屋に住んでいるわけじゃないんですから。上に何を着て隠そうか、必死に探しているんですよ」

　はああ、と納得しつつ、私には裸族になる勇気はない。

　夏場に体調を崩すのは高齢者だけではなく、若者も気をつけないといけない環境に変わってきた。とにかくあっぱっぱでもステテコでも裸族でも、年々過酷になる夏場を、みんなで少しでも快適に乗り切れればと願うばかりである。

婚約指輪

私の知人女性は夫婦共働きで、中学生の娘さんは学校に通っているので、日中は家に誰もいない。そんな状況を悪いやつはすぐに察知するのか、三カ月ほど前に泥棒に入られて、室内にあるほとんどすべてのものを持っていかれた。

学校から帰宅した娘さんから連絡をもらった彼女は、すぐに警察を呼んで家に戻った。家電もなく家具も作り付けのもの以外は持ち去られていた。ガレージの車も盗もうとした形跡があったものの、あきらめて逃走したようだった。家の中を移動しながら、警察官に被害について話していると、彼女の自室の開けっ放しにされた、作り付けの引き出しの奥に、指輪のケースがあるのを見つけた。それは彼女が今の夫から婚約のときにもらった、ダイヤが嵌《は》まった高級宝飾店の婚約指輪だった。同じ引き出しに入れていた二個の指輪は盗《と》られている。家の中に残されていたのは、これから洗濯するつもりの汚れ物と、この指輪だけだったのだ。

「どうしてほかの指輪は持っていったのに、婚約指輪だけを残していったのかしら。貴金属は真っ先に持っていくものじゃないの」

私が首をかしげると、彼女も、

「娘の服やぬいぐるみや漫画本、おもちゃみたいなネックレスやブレスレットや指輪まで持っていったのに変よね。内側に名前も彫ってないし、売るのは簡単だと思うけど」

という。私たちは家のものを洗いざらい持っていったのに、婚約指輪を残していった泥棒の心中を想像した。

複数犯でないとこんな犯罪は成り立たないから、泥棒の中の一人が婚約指輪に対して、著しく反応したのだろう。盗みを何とも思わない人間だと、高級宝飾店の指輪であれば、これ幸いと持っていき、知らん顔をして顔見知りの女性にあげてしまうか、持ち主を特定できる刻字などはないのだから、換金するはずなのだ。

「その人の周囲に、婚約指輪が関係する女性がいるのは間違いないわよね」

彼には結婚を考えている恋人がいて、彼女は彼がそのような悪事に手をそめているとは知らない。婚約指輪を見たとたんに、彼の気持ちが動揺して、女の人にとってはとても大切なものだからと、手を出さなかったのではないか。目の前の婚約指輪を盗んで彼女に渡すほど、彼はワルではなかったという結論に達した。

犯人はまだつかまっていない。家族が無事だったし、婚約指輪だけでも残ってよかったじゃないのと私が慰めると彼女は、

「婚約指輪は特に必要ないし。それよりも買ったばかりのコートを返してほしい」

と怒っていた。泥棒のささやかな温情で残されたと思える婚約指輪だったが、彼と被害者の彼女の間には、大きな考え方の相違があり、うれしくもありがたくも何ともない結果になってしまったのであった。

詐欺と母親

オレオレ詐欺、振り込め詐欺などの犯罪がニュースで報じられたとき、夫も子供もいない私は、家族の声は電話で聞けばわかるだろうし、世間でも気をつけようという風潮になっているのだから、なぜそんなにひっかかる人が多いのかと首を傾げていた。ところが私の周囲で、被害に遭った人が二人、すんでのところで助かった人が一人いた。これは相当な確率で、いかにこういった犯罪がはびこっているかがわかったのである。

被害を免れた人は、銀行の行員の機転によって振り込まずに済み、それがなければ間違いなくお金を振り込んでいたケースだった。犯人からの電話を受けた母親は、「オレだよ、オレ」と犯人がいったときに、「○○なの?」と息子の名前をいってしまった。預かっていた会社のお金を落としたという話になり、びっくりした母親が銀行に出向いたところ、行員が振り込む理由をたずね、その場で息子に連絡をとらせて難を逃れたのだった。

被害に遭ったケースのひとつは、弁護士を名乗る男から、「息子さんが痴漢でつかまったので、表沙汰《おもてざた》にしたくなかったら、示談金を準備してください」と電話がかかってきた。相手の顔が見えない振り込め詐欺には警戒していたものの、「事務所の女性が家までお金を取りに行く」といわれて信用し、三〇〇万円を渡した後で、騙《だま》されたとわかった。息子はそんなことをするような人間ではないとわかっているのに、「痴漢」という言葉を聞いたとたんに、気が動転してパニック状態になったという。

もう一件は「息子さんが赴任先で交通事故を起こしたので、示談金が必要になった。私は事故の処理をまかされた代理人だ」と日本人の男から電話がかかってきた。息子一家は海外に住んでいて、男の話す赴任先の国名も住んでいる都市も一致していたので、電話を受けた母親はまったく疑わなかった。彼はすぐに金を振り込ませず、「金額については相手と交渉するが、被害者は現地の人なので、スムーズに話は進まないかもしれない。また連絡する」といった。そして何度かやりとりがあったひと月後、母親は合意したという示談金の二五〇万円を振り込んだ。その二日後、何も知らない息子から電話がかかってきて、騙されたのが判明したのだった。

急がせてすぐに金銭を奪うのではなく、時間をかけ信用させて振り込ませる。犯人が海外の赴任先を知っていたり、家庭の事情を下調べしている可能性があるのも不気味だ。敵はますます巧妙な手口で、金を騙し取ろうとしている。母親たちの「大変だ」「恥ずかしい」といった気持ちにつけ込むなんて、本当に腹立たしい。犯人に対して憤るのはもちろんだが、それと同時に、不謹慎かもしれないが、私は被害に遭った彼女たちが、いわれた金額をすぐに調達できることに、「みんなそんなに持っているんだ」と正直、驚いてしまうのであった。

やりすぎ厳禁

中年になると誰でも、体の衰えを自覚するようになる。手元の辞書で「中年」を引いたら、「四十代から五十代後半までをいう」とあったので、私の年齢だと現在は中年の親玉で、二年ほどすると高年のいちばん下っ端になるらしい。

日常生活のなかで、「こんなはずでは」と首をかしげることは数限りなくあって、若いころとははっきり認識していたはずなのに、最近また、「えっ」と驚く機会が増えた。私と同年配の友だちも、若いころと今は違うと十二分に分かっていたはずなのに、びっくりすることばかりだと嘆いていた。

彼女はテレビを見ていて、耳がかゆくなったので、耳かきで耳の穴を掻《か》いていた。ところが翌日になったら耳がものすごく痛くなってきて、耳鼻科にいったら、

「中耳炎ですね。何をしたのですか」

と聞かれた。力を入れて、がっしがっしと掻いたわけでもなく、自分ではかゆいからそれが止まるように、気楽に掻いただけなのに、その結果が中耳炎なのである。

「信じられないわ。どうしてこんなことになるのかしら」

彼女はどうもあちらこちらにかゆみが出るようで、夏場、汗をかいて頭がかゆくな

ったので、しばらく指先で軽く頭皮を掻いていた。翌日、ヘアサロンに行ったら、美容師さんが、「あっ」とつぶやいて絶句した。いったいどうしたのかと尋ねたら、おでこの生え際からカチューシャをする位置までの頭皮が、真っ赤になっているという。たしかに頭皮は掻いたけれども、そんなにひどい状態にしたとは想像もしていなかったのだ。

一方、私はといえば、カボチャと玉ネギとジャガイモが入った買い物袋を提げて家に戻ったら、翌日、左腕と背中の筋肉がつったようになった。朝、水で顔を洗った後、日焼け止めを塗ろうと鏡を見たら、鼻だけが真っ赤になっていて、びっくり仰天した。朝起きたときは何ともなかったし、どこかにぶつけた記憶もない。洗顔中に何かあったのかと思い出してみたら、鼻の周りがべたついていたので、それを感じなくなるまで、ちょっと強めにこすった。その結果が赤鼻だ。すぐに赤みは取れて元に戻ったけれど、あの程度のことでこんなふうになるなんてと、われながら情けなくなった。ウオーキングをして汗をたくさんかいたので、普段より丁寧にメントール系のシャンプーをしたら、翌日、頭がじんじんと痛かった。厳密にいえば痛いのは頭の中ではなく頭皮で、一生懸命に洗い過ぎたらしい。ほかにも日中、ずっと家の片付けをし続けて、熱中症になりかけた人もいる。

どうやら中年になったばかりのときとは違い、体のすべての部分が、一段階劣化したようだ。もっと自分の体をいたわらなくてはいけないと思ったのと同時に、中高年になったら、何であってもやり過ぎは厳禁と肝に銘じたのだった。

イヌの好み

知人が飼っているプリンちゃんという名前の高齢のチワワが、寒さがますます苦手になってきた。ところがイヌ用のセーターは簡単な編み地でも、とても値段が高いと聞いて、私が編んであげることになった。私は小学校に上がる前に母親から編み物を習い、編み物歴は五十年以上なので、原稿を書く生活よりもはるかに長い。原稿を書くよりも、編み物のほうが得意なのである。

しかし人間のセーターは子供から紳士物まで、二〇〇枚以上編んだけれど、さすがにイヌのものはなく、イヌ用のセーターの編み物本が出ていたのでそれを購入してみた。サイズ確認のために借りた、プリンちゃんのコットンジャージーの服を横に置き、今まで編んだことがない形の編み図を見ながら、これがセーターになるのかと不思議な気持ちだった。デザインを選んでも、それが中型犬や大型犬用だったりすると、体重二キロのプリンちゃんの体に合わせるのには、無理がある場合も多い。中型、大型犬はシンプルで、小型犬は飾りがついていて、かわいらしさが強調されたデザインのものが多かった。

これまでかわいらしいものを編んだ経験がない私は、これでいいのか？　と疑問を持ちながら身ごろを編み、フリルやバラの花のお飾りも編み、それをとじつけていくと、いちおう指定通りにはできた。しかし置いてあるのを見ると、かわいい飾りがついた、穴が開いた膝《ひざ》用サポーターにしか見えないのだ。

及び腰で知人に渡し、早速、プリンちゃんが試着してみると、まあ、これがかわいいのなんの。そうか、こうなるのかと納得したら、イヌのセーターを編むのに火が点いて、たて続けに八枚のセーターを編んでしまった。今度はここにお花の飾りをつけてあげよう、刺繡《ししゅう》もしてあげようなどと欲も出てきた。

知人はプリンちゃんのセーター着用写真を撮影して私にくれた。そのとき驚いたのは、明らかに他とは違う、笑った表情で写っている写真があったことだった。

「特にこれがお気に入りみたいなの」

そのセーターはオレンジ色で全体に透かし模様が入っていて、襟ぐりには大きなフリルが編みつけてある。そこには端に白い花飾りがついた紐《ひも》が通してあり、襟ぐりのサイズを調整できる。知人がセーターを手に取ると、プリンちゃんはいつも自分から頭を入れてくるのだけれど、このセーターは勢いが違うという。編んだ毛糸の裾《すそ》色は違っていても、すべて同じものなので、糸の好き嫌いではない。裾にフリルがあるものよりも、首まわりが華やかなのが好みなのだ。

私は衝撃を受けた。あんな小さいイヌでも、自分の好みがある。プリンちゃんの専属編み子としては、ご主人様の気に入るものを作りたい。あのオレンジ色のセーターと同じくらい喜んでくれればと期待しながら、それ以来、襟ぐりにふりふりとしたお飾りがある、イヌのセーターばかりを編んでいるのである。

足袋《たび》

先日、若い人が経営している雑貨店で、かわいい柄の足袋のカタログを見た。私は家でもよく着物を着ていて、そのときは色足袋か柄足袋をはいている。これまでは呉服店やデパートで売っている柄足袋を購入していたのだが、若い人の色や柄の感覚が面白かったので、試しに一足注文してみた。

予定から大幅に遅れて、足袋は一月半後に届いた。楽しみに封を開けて、私はあれっと首をかしげた。大昔の足袋は紐で結ぶ方式だったらしいが、今はご存じのように、かかとの部分に、こはぜという指の爪のような形をした金属がついていて、反対側のこはぜ留めの太糸に引っ掛けて留めるようになっている。それがないのである。そのかわりに直径一・五センチのボタンが三個ついていて、ループで留めるようになっていた。

外出用ではないので、足袋職人が作ったものでなくてもいいかとはいてみたら、微妙にぶかぶかだった。私は足のサイズは22・5で靴のワイズは3Eと広い。甲高幅広の足でもこんなに緩いのだから、普通のしゅっとした足の人だったら、ぶっかぶかなのではと心配になったほどだ。足袋の基準では不良品の部類なのだけれど、若い人には足袋はこういう感覚のものなのだろう。

昔から足袋にシワが寄っているのは、いちばん不格好だといわれていた。玄人《くろうと》の女性たちは、はくときに脂汗を流すほどの、ぴったりとした足袋を誂《あつら》えたといわれている。今はストレッチ素材もあるので、綿キャラコしかなかった時代に比べて、はくのは少し楽になったけれども、それでも足袋が足にぴったりしていないと、不格好なのは変わりがない。しかし若い人にとっては、足袋は靴下と同類のもので、文字通り足を入れる袋という認識しかない。足元をぴっちり締めるものではなく、するっとはけるゆとりがあっても、まったく問題がないのだ。

私よりも年長の着物好きの方が、七五三のお祝いのときに、五歳の孫が足袋がはけなかったと嘆いていらした。いくらはかせようとしても、足の親指と他の四本の指を離すことができず、何度試してみてもだめなので、仕方なく晴れ着の足元は、ふだんはいているソックスと靴にしたとおっしゃっていた。

下駄や草履のサイズも、はいたときにかかとが少し出るくらいのほうが、格好がいいといわれていた。しかし娘さんが履物専門店できちんとサイズを見て選んでもらい、下駄を買って帰ったら、かかとが出ているのを見た母親が、サイズが小さいから取り換えてきなさいといった話も聞いた。

昔からある日本のもの、それも生活に密着していた品々が、基本的にどういうものか忘れられていくのは何とも情けない。微妙にゆとりのある、ちょっと気持ちが悪いはき心地のかわいい柄の足袋は、ため息をつきつつ、古い足袋をはいた上に重ね、足袋カバーとしてはいているのである。

印鑑証明

印鑑証明は、以前は実印を持っていき、住所、氏名、使用目的などを細かく書類に記入し、自分を証明するものを持参して窓口に提出して発行してもらうものだった。係の人がじっと私の顔を見つめ、

「ご本人ですよねっ」

と念を押されるとどきどきした。もしも発行してもらえなかったらどうしようと、あせったりもした。その後、カード式の印鑑登録証というものができ、実印を持参する必要がなくなったとき、何てすごいことになったのかと驚いた。印鑑証明を取るときは、不動産取得とか保証人になるとか、自分に重要な責任が発生する場合が多い。それに比べて明らかに手続きが簡便になったからである。

つい先日、印鑑証明を書類に添付する必要があって、印鑑登録証を持って近所の出張所に出向いた。念のために実印とパスポート、住民票コードの番号を書いたメモを持っていったのは、係の人にどこから突っ込まれても、対処できるようにと考えたためである。カウンターで請求する書類を探したが、どこにも見当たらない。窓口の人に聞いたらば、印鑑登録証を持っているかと聞かれたので、差し出すと、これで機械

から取り出せるという。彼女はしばらくカウンターの陰で何やらやっていたが、カードを私に返すと、

「使えるようになりましたので、こちらで画面の指示に従ってください」

と機械のあるブースまで案内してくれた。

「はあ……。ありがとうございます」

私はその大きな機械の前で立ち尽くしていた。手数料もそこで支払うようになっていて、コンビニにあるコピー機と同じ仕組みなのだ。本当に印鑑証明が入手できるのかと首をかしげつつ、手数料の小銭を機械に入れ、緊張してカードを入れると、

「カードの向きが違います」

と大音量の機械の声がフロアに響き渡った。

（ひええー、恥ずかしーい）

私はどっと噴き出してきた汗を拭《ふ》きながら、カードを入れ直した。手順に従って操作をすると、ぐいーんと音がして、紙切れが一枚出てきた。たしかに私の実印が押された印鑑証明であった。白地ではなく細かい柄のある紙に印刷はされているものの、どこか安っぽい。昔の証明書は立派で、「証明する！」と威厳が感じられたけれど、機械から吐き出された証明書は、「わかんないけど使えるんじゃないの」といった雰囲気である。私はこれは本当に使えるのだろうかと不安になり、すかしてみたり、匂

いを嗅《か》いだりしてみたが、とりあえず書類に添付して送った。

　書類は問題なく受け付けられたが、証明書がこんなに簡単に発行されるとは思わなかった。公務員の人件費削減の問題もあるのだろう。実際、その出張所も職員の数が半分になっていた。これからはこういった、身の回りの変化にも慣れないといけないなあと、あらためて感じた日であった。

キッチンタイマー

私の家の中は、色合いが茶色とベージュと白がほとんどで、友人には男性の一人暮らしのようだといわれている。キッチンにも色鮮やかな道具はなく、花柄のタオルさえない。あまりに殺風景なので、せめてキッチンの小物から、きれいな色のものを使ってみようと考えていた。

私はご飯は土鍋《どなべ》で炊いているので、炊いたり蒸らしたりの時間を確認するために、キッチンタイマーは必需品だ。それまで使っていた銀色のタイマーが壊れたのをきっかけに、外出先でたまたま入った雑貨店にあった、手のひらにのるサイズのタイマーを買ってきた。イタリア製の丸っこい形で、黄色、緑色、オレンジ色、赤などがあり、とても鮮やかだ。合わせたい時間の目盛りまで、上半分をひねると、それが少しずつ戻って時を刻むというしくみである。時間を知らせる「ジリジリジリ」という、昔の目覚まし時計のような、のんびりとした音も気に入り、オレンジ色を購入して早速使ってみた。

ご飯を炊くときは土鍋を火にかけて沸騰した後、火を細くして七分炊いて火を止める。沸騰した土鍋の前で七分にセットした。しばらくして「ジリジリジリ」と音がしたので火を止め、蒸らし時間をセットしようとすると、まだカチカチと動いている。タイマーは元に戻っているはずなのに、目盛りを見るとあと二分もあった。あわててまた火を点け、ふたの穴から出てくる蒸気の匂いを嗅ぎ、やや焦げ風味の匂いがしたところで火を止めた。そして首をかしげながら、蒸らし時間の二十分のタイマーをかけた。

さっきは十分以下だったから誤作動したのかもしれないけれど、二十分は大丈夫だろうと期待したのに、今度は十七分でタイマーが鳴ってしまった。

これまで使っていた日本製のものは、デジタルタイプではないのに、当たり前だが時間はとっても正確だった。なのにこのタイマーは日本製の何倍も値段が高いのに、時間すら正確に計れない。おまけにだんだん状態はひどくなり、一週間後には時間を知らせる音が「ジリ」だけになった。信用できないので、時計を手にじっとタイマーを監視していたこともあったが、ばかばかしくなってやめた。結局、二週間で使いものにならなくなった。

欠陥商品なのではと腹が立ってきたのだが、万事にのんびりとして、きっちりするのが苦手な国民性の人が作ったタイマーを、信用した私が悪かったのだ。

「こんなに色やデザインがすてきなのだから、少しくらい時間が違ったっていいじゃないか。小さいことは気にするな」

イタリア人にもそういわれそうな気がする。

納得しつつもこれでは値段の99パーセントがデザイン料で、残りがタイマーの分ではないか。買い物でこんなに失敗をした経験がなかった私は、今後は正確さを求める品には、イタリア製を選ばないという教訓を得たものの、しばらく落ち込んだのであった。

鉛筆とナイフ

私は原稿はパソコンで書くけれど、それ以外に文字を書かなくてはならないときは、ほとんど手書きである。筆記用具にはとても興味があって、なかでもいちばん好きなのは鉛筆だ。といっても大人なので、手紙やハガキを鉛筆で書くわけにもいかず、ごくごく私的なことにしか使えないのが残念なのだ。

今もそうなのかはわからないが、小学校に上がったときに、私たちの世代は「かきかたえんぴつ」を持っていった。「かきかたえんぴつ」のような軸の丸い鉛筆は、小さい子のものと考えていたので、鉛筆らしい六角形の軸の鉛筆を持てるようになると、おねえさんになった気分でうれしかった。

四年生になると、みんな筆箱に「ボンナイフ」という、幅広のカミソリみたいなナイフを持ってきて、それで鉛筆を削った。ナイフを持って通学することが、小学生でも禁止されていなかったのだ。私よりも年上の人に聞いたら、
「『ボンナイフ』は知らない。自分たちのときは『肥後守《ひごのかみ》』だった」
といっていた。「肥後守」は特に子ども仕様ではない折り込み式の小刀で、学童向けに作られたのが「ボンナイフ」だったのだろう。

クラス全員がナイフを持っていたわけだが、それで友だちを傷つけたという話は聞いたことがなかった。鉛筆が削れるくらいだから、ナイフとしての機能はあるし、使い方によってはよからぬ問題も起きた可能性があるのにである。ボンナイフに関していちばん先生に注意されたのは、

「消しゴムを切るな」

だった。すっと切れるものと、弾力があるものが目の前にあると、どうしても切りたくなって困った。

鉛筆メーカーで「鉛筆削り入社式」を行っているところがあると、テレビで知った。新入社員がナイフで鉛筆を削るのだが、画面に映った削られた鉛筆を見て、私は愕然《がくぜん》とした。かつての小学生が授業の合間の休み時間に、さっさと削っていた鉛筆なのに、大人といっていい若者たちが削った鉛筆のひどさといったらなかった。削った部分が一センチにもならず、芯《しん》が二ミリほどしか出ていないもの。その反対に削った部分がやたらと長くて、芯が一センチ以上出ているもの。文字を書くのが難しいほど、鉛筆の体をなしておらず、立体を上手に削れない。鉛筆は電気鉛筆削りが削ってくれたし、授業ではシャープペンシルを使う。彼らはナイフを手にして物を削る行為に慣れていないのだ。

刃物に関する考え方も、昔と今とでは変わってきている。ふだん使っているからこ

そ自分の手を切って痛い思いをするし、逆に人の痛みもわかるはずだ。鉛筆から遠ざかると、身近な刃物からも遠ざからざるをえなくなる。鉛筆にもっと市民権を与えてほしい。そして電動式ではなく手で鉛筆を削ろうと、私はいいたくなったのであった。

自転車

私は三十歳くらいまでは自転車を愛用していたものの、当時は駐輪場が不足していて、駐《と》める場所を探すのが面倒になったので、移動は徒歩専門になった。車は所有していないので、都心に行くには電車に乗るが、沿線の二駅、三駅くらいの移動だったら歩いている。

現在は駐輪場の設備も整い、エコの問題もあって、前にも増して自転車だらけである。自転車で通勤している人がいると聞くし、都内では車よりも自転車のほうが便利に使えるのかもしれない。私の弟も自転車が好きで、自分で自転車を組み立て、マンションの駐輪場ではなく自分の部屋に置いているほどだった。なので私は自転車が好きな人の気持ちも分かっているつもりだけれど、マナーがよくない人たちがいるのも事実なのだ。

これまでも自転車と歩行者の衝突事故が多発していて、それが取り返しのつかない大事故に至ったニュースも耳にした。車を運転していると絶対的に人間のほうがもろいのは分かりきっているので、歩行者に対して気をつけるが、自転車だとぶつかってもたいしたことがないと考えるのだろうか。私も歳を重ねるにつれて、危機察知能力が鈍ってきているので、まるで風のように体のすぐ横を自転車が走り抜けると、本当に冷や汗が出る。ああいう自転車には、歩行者に警告を発するものは付いていないのだろうかと首をかしげていた。

そしてついこの間、自転車にひかれそうになった。場所は車一台が通れるくらいの一方通行の道路だった。左側にはずらっと住宅が並んでいて、一区画ごとに右折できる道がある、丁字路が並んでいるような場所だった。住宅の並びに沿って、真っすぐ歩いていると、後ろからものすごい勢いで走ってきた自転車が、左側から私を追い越しざま、急に右に方向転換して走っていった。私が一歩踏み出していたら確実に激突していたので、瞬間的に私はその場でバレリーナみたいなつま先立ちになってしまった。乗っていたのは若者で、子どもや老人が歩いていようが減速、徐行する気配などまったくみせず、全速力で走り去っていった。

家に帰ってからも恐ろしいやら腹が立つやら、気持ちが収まらない。なぜ歩行者をぎりぎりの位置で追い越して右折したのか。右折したいのなら人が通り過ぎてから曲がればいいのに、などと考えているうちに、ああ、こうして事故が起こるのだとため息をついた。私は運がよかっただけなのだ。普通に歩いているだけで、事故に遭ったら泣くに泣けない。全速力で疾走したかったら、それが可能な場所で走ればいいのに、住宅地を疾走する神経が分からない。乗っている人が転んで痛い思いをするのは仕方がないが、他人は巻き込まないでほしい。自転車と衝突しそうになってからの私は、絶対、不審人物に見られるなと思いつつ、前にも増して外出時に周囲をきょろきょろする癖がついてしまったのである。

お父さん

平日、デパートの上の階で用事を済ませて下りのエスカレーターに乗っていたら、おもちゃ売り場がある階から四歳くらいの女の子を肩車した、背の高いお父さんがやってきた。私は当然、子供を肩から下ろして、手をつないでエスカレーターに乗ると思っていたら、彼は子供を肩車したまま、下りエスカレーターに立った。彼は子供の両足を持っているので、手すりは持っていない。そのうえ他に人が乗っていないのをいいことに、動くエスカレーターを、音をたてて歩いて降りていったのにはびっくりしてしまった。私は同時に、背中がぞっとして、大丈夫なのかと何度もつぶやいてしまったのだった。

彼一人だったら、エスカレーターを歩いて降りようが、途中で転げ落ちようが、何をしようが勝手だが、子供を連れているのに、そのような行動を取るのは、あまりに危機意識が欠如しているのではないだろうか。緊急事態が起こって、突然、停止ボタンが押される可能性だってあるのだ。子供の目線を考えると、明らかに二メートル以上あり、女の子の表情がこわばっていたのを見ると、不安定で相当怖かったのだと思う。

「子連れのお母さんだけじゃなくて、お父さんも問題が多いよね」

私が友だちにその話をしたら、彼女は、うちの近所にも理解し難いお父さんがいると怒っていた。その家は小学生の男の子が三人いて、四十代半ばのお父さんは、自営業だという。彼は時間があれば子供たちとサッカーやキャッチボールをしているのだが、自宅の前ではなく、近所の家の前に移動してやる。ボールを取り損ねると近所の家の車に当たって跡がつく。サッカーボールを蹴《け》れば、向かいの家のドアやゴミ箱に当たり、すでにボールの跡だらけになっているというのだった。

他人の家に迷惑をかけている自覚がないらしく、ぎゃあぎゃあと騒ぎながら、父子で遊んでいる。どうして自分の家の前でやらないのかと、彼女に聞いたら、自分の家や車が汚れるのが嫌みたいとあきれている。一度、奥さんがよその家の前じゃなくて、うちの前でやってと怒ったら、彼は「うるせえ、くそばばあ」といい放ち、子供たちも父親のまねをして、「うるせえ、くそばばあ」とののしったというのだ。

「今はいろいろな人がいるから、みんな自分が正しいと思っても、文句をいわないで我慢しちゃうのよ。車を汚されたお宅は、カバーをかけるようになったもの」

ご近所でトラブルになるよりは、自衛策を取ったほうがいいということらしい。

それにしても常識のない父親たちの行動は腹立たしい。私は彼らの子供たちが、あるとき、はっと気づき、

「お父さん、こういうことはいけないから、もうやめようよ」

と一日も早くたしなめてくれるのを願うばかりである。

海外旅行

最近の若い人は、海外旅行には興味を示さないそうだけれど、私の周囲の中高年はせっせと海外に出掛けている。私の知り合いの五十代後半の女性も娘さんと一緒に二週間、また四十代の知人男性も、七十代のご両親を連れて海外に行った。しかし帰ってきた彼らから聞いたのは、旅行先での災難だった。

その女性は、夕方、観光地にある陸橋を渡っていた。大学生の娘さんは後方から自分のペースで歩いてくる。すると下の広場でイベントが始まるらしく、周囲の人々がわっと集まってきた。彼女が何事かと欄干から下を見ていたら、若い外国人男性がやってきて、見にくいだろうから自分が抱きかかえて見せてあげると、英語で話しかけてきた。若い女性ならば「これは恋の始まりかしら?」と胸がときめくが、五十代後半ともなると、旅行先の恋よりも身の安全である。

彼女が断りの英語を思い出そうとしていると、あっという間に抱きかかえられてしまった。びっくりした彼女が、手足をばたばたさせて抵抗すると、やっと下におろしてくれ、彼はにっこりと笑って去っていった。日本では絶対に起こらない状況に呆然《ぼうぜん》としていると、娘さんがやってきて彼女のバッグを指さし、「開いている」という。

肩から斜め掛けをしていた小さなバッグのファスナーが全開し、見事に財布が抜き取られていたのである。

「それまでは気をつけていたのに、抱き上げられたことに仰天して、バッグの中身なんかころっと忘れちゃったのよね」

娘には叱られ、せっかくの旅行も財布を盗まれた思い出しかなくて、がっかりだといっていた。

男性のほうは父親が災難に遭った。自分のそばから離れるなという彼のいいつけを破り、父親はどんどん先にいってしまう。危ないと察知した彼が、母親と離れないように手をつなぎ、走り寄ろうとしても、人が多くて前に進めない。すると八メートルほど先で、父親が両手を上げ、バレリーナのようにくるくると回っているのが見えた。父親の周りには外国人の男性数人がいる。彼がやっとの思いで人混みをかき分け、手を伸ばして父親の肩をつかんだとたん、男たちはさっと逃げていった。

父親に事情を聞いたら、突然、男たちに取り囲まれ、体をぐるぐる回されて触られまくったという。父親はウエストポーチをつけていたのだが、息子の彼がファスナーを簡単に開けられないようにと、事前にファスナーの持ち手の穴と、ズボンのベルト通しをひもで結んでおいたので、それで何もとられずに済んだ。便利だからとポケットにお金やカードを入れていたら、一発でとられてしまっただろう。

両方とも被害者が身動きがとれないようにしているのが悪質だ。予防策は一人にならないということだけだろうか。海外旅行をする中高年は、本当に気をつけたほうがいいいと思わされた出来事だった。

料理教室

料理教室はいつの時代でも人気があるらしい。昔は大手の料理学校に通学するしかなかったけれど、最近は個人が自宅を開放して、少人数の料理教室を開いている場合も多い。うちの近所でも料理教室を開いているお宅があり、ドアの横に立てかけてある黒板に、その月のスケジュールを書いて、「ご希望の方はご連絡ください」と電話番号も書き添えてあるのだが、いつ見ても予約でいっぱいになっている。先生の人柄が気に入り、雰囲気が良ければ、小規模な教室でも生徒は集まるのだろう。

先日、五十代の友達が料理教室を開いているという知人から、

「前はそうじゃなかったのに、今は生徒に教えるのが大変みたいよ」

という話を聞いた。その先生は二十年前から、自宅で料理教室を開いているのだが、最近の三十代から四十代の生徒たちには驚かされていると、ため息をついていたというのだ。

先生としては、料理の作り方を学ぶだけではなく、マナーも一緒に覚えてもらいたいと考えている。なのでスパイスから調合するカレーの作り方を教えたときも、カレー皿だけではなく、アラジンと魔法のランプの、魔法のランプのような形をしたソー

スポットや、カレーをすくうグレービーレードルも出しておいた。ところがカレーが出来上がると、生徒の彼女たちはそれらの食器には目もくれず、食器棚から勝手に丼《どんぶり》を取り出して、そこにご飯を盛り、カレーをドバーッと一気にかけてしまった。

先生としては、主婦ばかりだし、何も言わなくても分かるだろうと思っていたのに、みんな勝手にカレー丼にしたのである。それを見た先生は、ああ、彼女たちは家でこうやって食べているのか。せっかく料理を習いに来ているのに、皿に盛るという意識もないのだなあと、あまりに彼女たちが物を知らないのと、マナーの崩壊に頭が痛くなってきた。

「ちゃんと食器を出しておいたのよ」

と言っても、みなきょとんとしている。カレーの形状上、今から食器の変更が可能なわけもなく、衝撃を受けた先生が、一人一人の丼を見てみると、全面にカレーをかける人、半分だけかける人、中央部分を残して周りにかける人など、さまざまで、

「お家《うち》によってカレーのかけ方も違うのね」

としか言えなかった。丼にスプーンという組み合わせでは、マナーもへったくれもなく、ただ出来上がったカレーをかきこむだけになった。

食後、先生がきっちりと教える意味で、カレーの食器について話すと、生徒たちは、

「ルーを別にするなんて面倒くさい。洗い物が増えるのは嫌だ」

と口々に文句を言う。料理やマナーを学ぶ気があるとはとても思えない。それ以来、その先生は、料理教室を続ける自信がなくなったと、意気消沈しているとのことである。

違法シェアハウス

知人の女性は都心の住宅地で生まれ育ち、六十年以上同じ場所に住んでいるのだが、一年ほど前から、「隣の家の様子が変だ」というようになった。その二階建ての木造住宅には、両親と娘さんの三人が住んでいた。その後、娘さんは結婚して家を出、ずっと夫婦二人が住んでいたが、そのうち人の住んでいる気配がなくなり、十年以上空き家になっていた。普通は工事が始まって更地になり、新しい建物が建ったりするのだが、隣家はいつまでもそのままになっていて、彼女は家族と、「ずっと、ほったらかしなのだろうか」と話していた。

するとある時期から、誰も住んでいなかった隣家に、若い女性が出入りするようになった。それも一人や二人ではない。彼女が家にいるときに、隣家をチェックしていたら、日々何人もの若い女性が出入りしている。目撃しただけでも十数人以上いた。みな親しげにしている様子もなく、単独で行動している。女子寮にでもなったのならば、出入りする女性たちが、お互いにあいさつをするとか、会釈をするとか、何かしらありそうなのに、みなスマホを見ながら、黙々と家に入り、出ていく。家のスペースに比べて、明らかに住人の数が多すぎる。どうしたのだろうかとずっと考えていたところ、最近、違法なシェアハウスが話題になり、隣家はそれではないかと思い当たったという。

シェアハウスもきちんとしたところは、ちゃんと住環境が整えられている。しかし違法の可能性がある場合は、住人にはただ寝るだけの二畳分、三畳分程度のスペースしかない。火事等に関しても、対処しているとはいい難い。それでも実家を離れて仕事を見つけたいとなると、住所がなければ履歴書も書けないので、保証人が不要で狭くても家賃が安い、そういったハウスに住んで、とりあえずの寝場所と住所を得るしかないのだ。

あのまま住宅を賃貸にしても、あまりに古いので家賃は高くできないところを、借家人を詰め込み、一人一万円の家賃でも二十人に貸せば、毎月二十万円の収入になる。ひと月の収入が増えるので、メンテナンスしたり、建て替えたりする手間や経費をかけないで、そのまま使っているらしい。

世の中の動きを把握して、それに反応した結果だが、よくそんなシステムを考えたものだとあきれるしかない。とにかく管理が行き届いていないので、ごみが散乱していたり、深夜、外で携帯電話で話しているのか、けたたましい若い女性の笑い声が、延々と聞こえてきたりと、近隣住民にとってはありがたくない状況らしい。苦情を言おうにもどこにいっていいか分からず、出入りする女性に、住人に静かにするようにいってほしいと頼んでも、「私には関係ない」と言われる。違法であってもそのシェアハウス自体は、需要と供給が成り立っているのだけれど、近隣の住人にとっては、頭が痛い存在になっているのだ。

枕元

先日、テレビを見ていたら、私よりもちょっと年上の女性が出演していて、「子供のころ、毎年、盆踊りのときには新品の赤い鼻緒の下駄を買ってもらえるので、それがうれしくて枕元に置いて寝た」

と話していた。その言葉で、

「ああ、私も枕元に置いて寝たなあ」

と思い出した。赤い鼻緒の下駄ではなかったけれど、欲しかった物を買ってもらえたのがうれしくて、何日も枕元に置いて寝たのを覚えている。東京の吉祥寺《きちじょうじ》の駅前市場の中にあった、化粧品店を兼ねた小間物屋で、香水を買ってもらったのだった。蓋《ふた》部分も含めて高さ三センチほどの小ささからすると、香水本体ではなくサンプル品のようなものではなかったかと、今になっては思う。カッピー香水という名前だった。

昭和三十年代の私の周辺では、いい香りのするものはあまりなかった。好きだったのは、お茶屋さんのほうじ茶を焙《ほう》じているときの香り、青畳の匂い、せっけん、母親がたまに使う香水の匂いくらいのものだった。私は親に物をねだったことがない子供だったので、香水が欲しいとは言わなかったが、自分用の花の香りがする香水を買ってもらって、店内でも外でもバスの中でも家に帰っても、小躍りしたくなるくらい、うれしかった。浅いバスケットに山積みになって売られている小さな香水瓶を、じっと見つめているのを見て、親が不憫《ふびん》に思ったのかもしれない。その場ですぐに買ってくれたのは、値段も安かったからだろう。

蓋を開けて早く匂いを嗅《か》ぎたいような、嗅ぐのがもったいないような感覚に身もだえしながら、意を決してそっと蓋を開けて匂いを嗅ぐと、この世のものとは思えない、いい匂いがした。両親から香水は蒸発すると教えられたので、ちょっとだけ匂いを嗅いで、すぐ蓋をしてずっと瓶を眺めていた。そして寝るときは枕元に置き、朝起きてそこにあるのを確認してはほっとした。蒸発してなくなるのが嫌なので、蓋を開けないまま鼻の穴を目いっぱい広げて瓶にこすりつけるようにし、かすかな香りを、思いっきり吸い込んでいた。

私だけではなく、当時の子供たちは、欲しい物はほとんど買ってもらえなかった。誕生日、クリスマスなど、家庭内のプレゼントのメーンイベントは二回あったが、私は十二月生まれなので、一緒くたにされてしまい、年に一度のチャンスしかなかった。なので欲しい物が手に入ったときは、人生でこんなにうれしい日があるだろうかと、少女漫画のように、顔の周りで星やお花がぐるぐる回っているかのようだった。ささやかなものでも、うれしさはずっと持続していた。今の子供は好きなときに好きな物が食べられ、昔に比べれば、欲しい物はいつでも買ってもらえるようになった。それでもやっぱりうれしくて、買ってもらった物を、枕元に置いて寝たりするのかなあと、ふと思ったのだった。

お金持ち

私の知人夫婦が、休日に都心の高級スーパーマーケットに、車で買い出しに行った。食品売り場で二手に分かれ、夫はカートを押し、彼女のほうはカゴを手に持って、一週間分の食材を調達しようと店内を歩いていたら、ちょうど若い男性の店員が、見切り品の棚の上に品物を並べ始めたところだった。彼女が見ていると、欲しかった葉付き大根が登場してきたので、絶対、あれは買わなくちゃと見切り棚に近づこうとした。そのとたん、自分の横をガーッと音をたてて、金色とピンク色の塊がものすごい勢いで通り抜けていった。

いったい何かと驚いていたら、それはものすごく派手な格好をした母娘《おやこ》だった。明らかに還暦を超えている母親は、金髪をアップにして、大きな金色のフレームの眼鏡をかけている。ヒョウ柄の毛皮のコートを着て、たくさんのダイヤの指輪をはめ、金色の光沢のあるレギンス姿だ。

四十代に見える娘もピンクの毛皮のコートに、白のミニスカート。コートとおそろいのピンクの帽子から長い茶髪を垂らし、付けまつげも完全装備で、十本の手の指にはゴージャスなネールアートも施し、アクセサリーもつけるだけつけていて、いかにも「お金あります！」をアピールしていた。その金色とピンク色の母娘は、自分たちのカートを横付けにして棚の前にバリケードを作り、他の客が見切り品の棚に近づけないようにしたのだ。

　客たちが立ち尽くしているのを尻目《しりめ》に、彼女たちは自分たちのカートに、片っ端から見切り品を投げ入れ続けた。男性店員が長ネギを手にすると、

「ああ、これもちょうだい」

　とひったくって、カートに入れる。

「お兄さん、私にもキャベツください」

　棚に近づけない客たちが店員に声をかけ、彼が棚にあるキャベツを手渡そうとすると、母親がさっと横から手を出して、カートに入れてしまう。娘はその隙に、棚をからっぽにする勢いで、葉物野菜でカートをいっぱいにしている。

　彼女はそれを見て、何だ、あの人たちはと憤慨しながらも、あの葉付き大根だけは買わなければと、

「大根をくださーい」

　と声を上げた。ちょうど母娘がカート内の戦利品を確認しているときで、彼が手を伸ばして渡してくれた大根を無事カゴに入れることができた。周囲からは、

「にんじん、くださーい」

「私にも玉ネギ……」

というか細い声が聞こえていた。

バリケード母娘は、ものすごい勢いでカートを押して去って行き、棚は山賊に襲われたかのように、ほとんどの品物がなくなっていたという。その話を聞いた私と彼女は、お金があっても、それに比例して人品が上がるわけではないのねと、深くうなずき合ったのだった。

愛用のマグカップ

欲しい食器があったので、店頭で見てから購入したいと思い、どこにショップがあるかとインターネットで検索してみた。そのときあるショップのサイトが上位にヒットした。そこは新品だけではなく、やや古めの食器も含めて扱っているようなので、いったいどんな食器を扱っているのかと見てみると、知らない柄の食器も多く、へえと楽しみながら画像を眺めていた。

すると、一つのマグカップに目がとまった。

「あら、これ、私のと同じだわ」

私が毎日使っているのと同じものが売られていた。ところが値段が何と三万円！　0の数を見間違えたかと、もう一度確認してみても、やっぱりその値段だった。

このマグカップを買ったのは、七年ほど前だった。支払ったのは消費税を含めて三〇〇〇円ちょっと。外国製品ではあるが、特別ゴージャスなものでも、著名な作家が作ったものでもない。それがこんな短期間に売値が十倍になっていた。

たしかにデパートで購入したとき、その年の限定品とただし書きはあった。しかし限定品にありがちな、開店前に長蛇の列ができるとか、そういう現象はなかった。限定品であっても同じシリーズのマグカップと同じ値段だったし、売り場にも複数個残っていて、私は冬に使うのにいいと柄が気に入って買っただけなのだ。

私は古物関係には疎いのだが、どうしてこのマグカップに十倍の値段がつくのか理解できない。ビンテージ、アンティークと呼ばれ、高額になる商品があるのも知っている。しかしそれらは、何十年、何百年と時を経て、それなりの歴史があるものではないか。こんなに短期間に、それもガラス戸の立派な食器キャビネットの中が似合うような、大切なお客さまにお出しするような繊細なものでもないのに、「なぜ？」で頭の中がいっぱいになった。

ついこの間、デパートの食器売り場で売られていた、普段使いのマグカップなのだ。どんなものにもコレクターはいるから、三万円という値段も彼らに向けてなのだろうけれど、これは入手困難なものではない。コレクターなら売り出されたときに、簡単に入手できたのではないかと思う。なのに、なぜこんな値段になるのだろうか。

自分が愛用しているマグカップが、三万円で売られているのが分かっても、うれしくも何ともなかった。気に入って使っていれば値段など関係なくなる。使っている間中、購入したものの値段ばかりを考えているのは、どこかいじましい。想像もしなかった高額な値段が、何らかの基準によって付けられ、堂々と売りに出されているのには、驚くばかりである。あまりにびっくりしたので、欲しかった食器のことなどふっ飛んでしまい、それからはマグカップを使うたびに、「へえ、これがねえ」と首をかしげているのだ。

スポーツ好き

最近、私はラジオの視聴中心の生活になっていて、テレビで見るのはスポーツ関係の番組がほとんどだ。そんな話を私よりも少し年下の女性にしたら、

「スポーツなんて、どこがいいんですか」

とあきれられた。私よりも何倍も活発で行動的な彼女の言葉に驚いて、

「見てて面白いじゃない。ドラマみたいに決められたストーリーがなくて、何が起こるかわからないのがいいし」

というと、

「ええーっ、他人がスポーツしているのを見て、楽しいですか」

と、全否定されてしまった。

私は中学生の時は、卓球部の部長だった。区の大会で二回戦で必ず負ける弱い部だったけれど、ランニング、うさぎ跳び、素振り一〇〇〇回など、へっとへとになるまで運動していたものだった。でも今は、近所ではなく隣町に往復四十分ほどかけて徒歩で買い物に行くのと、思い出したときに下半身強化のスクワットを、一日十回やるくらいである。トレーニングジムにも通っていない。

一方、彼女は学生時代は運動はしていなかったが、大人になって定期的にジムに通い、今はヨガに凝っている。私と違って、運動をしているのにもかかわらず、スポーツには興味がない。だからさまざまな競技のワールドカップも、野球も、箱根《はこね》駅伝も各地で行われる主要なマラソンにも興味がない。なので世界の一大イベントである、オリンピックにも無関心なのだ。

もちろんスポーツに興味がない人はいる。みんながスポーツ好きになる必要もない。どうして自分がスポーツ番組が好きなのかと考えてみると、常人と比べてレベルが違う能力があるだけではなく、尋常ではない努力をし、その過程や人生で苦労もし、そのうえ晴れ舞台で勝つことを義務づけられた人を見て感激したいのだ。ここぞという山場では胸がどきどきする。力道山《りきどうざん》の時代には、プロレス中継で興奮して、ショックで亡くなる高齢者がいたけれど、自分もそうなってしまうのではないかと気が気ではない。

しかしスポーツに関心がない彼女は、そういう見方をしていない。

「結果はニュースで十分なんじゃないですか。私は興味がないからそれも見ないけど」

とてもクールなのである。彼女は自分自身にいちばん興味、関心があるタイプなのかもしれない。そして、

「だいたい、相撲は太った裸の男がもみ合っているだけだし、野球なんて木の棒で球を打つだけでしょ」

と、とどめの一発が出た。何もいい返せなかったのが悔しい。そしてそれからはマラソンを見れば「延々と走っているだけ」、サッカーを見れば「球を蹴《け》って網が張られた枠の中に入れるだけ」としか思えなくなり、複雑な気持ちになっているのである。

はだし足袋《たび》

昨日、友だちの女性二人と話をしていたときのことだ。Ｐさんは私よりも一歳、もうひとりのＱさんは四歳年上である。Ｐさんが、

「私が小学生のときに、足袋を履いて運動会に出たっていったら、夫が大笑いして、『足袋なんて履いて走ったのは、おまえくらいだろう。江戸《えど》時代みたいだな』って笑ったのよ。運動会のとき、足袋を履かなかった？」

と真顔で聞いてきた。彼女の夫はＰさんより三歳年上で京都出身。小学校の運動会は運動靴を履いていたといったのだそうだ。

ちなみに私たちは三人とも東京都出身だ。Ｐさんは港《みなと》区赤坂《あかさか》の小学校に通っていたので、都会の子どもである。Ｑさんは新宿《しんじゅく》区、私は生まれは文京《ぶんきょう》区だが、小学生のときは東京の西部にある練馬《ねりま》区に住んでいた。まだ周囲には畑や野原がたくさんあったので、なかでは私がいちばん田舎育ちといっていい。記憶では「はだし足袋」と呼んでいたのではないかと思う。

「運動会用の足袋を買って、その日だけ使うのよね。体育の時間はたしかズックだったはずなのに、どうして足袋を履いたのか、思い出してみれば不思議だけど。でも履

いたのは小学校の二年までだったような。それ以降は履かなかった」

　私がそういうと、Pさんは、

「履いたわよねえ。履かなかった地域があったのかしら」

　と首をかしげた。するとQさんが、

「私も履いたわよ。それも小学校六年生まで」

　と大笑いしながらいったのだ。

「えーっ」

　Pさんの夫とQさんは同学年なのに、小学校の六年間、はだし足袋を履いた人と、一年生のときから運動靴だった人がいる。それは彼の住んでいた地域の方針なのだろうか。私たちは当然、小学校の運動会には、はだし足袋を履くものと思っていたが、全国統一のシステムではないというのが分かった。足が速くなるように考えられた、運動会用の靴まで売られている今は、足袋を履いて走ったなんて、信じられないかもしれない。はだし足袋は作りが雑だったのか、運動会で一日履くと穴が開いてしまい、結局は捨てるしかなかった。京都の始末の文化では、使い捨ては許せなかった可能性もある。

　しかし体育の授業で履いているズックではなく、体操着に鉢巻きを締め、はだし足袋を履くと、走るのが遅く明らかに運動会で足を引っ張る役目になる私であっても、

「今日は運動会だ！」

と子どもなりに気分が盛り上がったのは事実だった。普段の日とはちょっと違う高揚感はあった。そのために履かせたわけではないだろうが、全国で運動会にどれだけはだし足袋が導入されたのか、またされなかったのか、それぞれの理由を知りたくなってきたのである。

無施錠の謎

泥棒、空き巣が侵入するのは一年中のことだけれど、これから気温が上がるにつれ、窓を開ける機会が多くなると被害が増える。うちの近所でも被害が集中した時期があり、外出時や寝る前には、ちょっと緊張したものだった。若い女性が泥棒、空き巣の被害に遭った際に、犯人が無施錠の窓やドアから侵入したというニュースを耳にする。一人暮らしの女性の場合は、防犯上、戸締まりはきちんとしているはずなのに、どうしてそうなるのか、私は理由が分からなかった。

あるとき一人暮らしをしている、若い編集者の女性に、

「どうして鍵《かぎ》をかけ忘れるのかしら。私には信じられないんだけど」

と聞いてみたら、彼女が、

「私も何度も、ドアや窓の鍵をかけ忘れたことがあります」

と言うではないか。

「それは危ないよ」

と真顔で忠告すると、彼女は、

「そうなんですよねえ。気をつけないと」

と笑っていた。

ドアを開けて家に入るのと、その後、ドアの内鍵を掛けるのとは、動作がワンセットになるはずなのに忘れる。とにかく何をさておいてもトイレに行きたいなど、緊急を要する事態はたびたびあるわけではない。彼女が自分がいつもかけ忘れる理由と告白し、またほかの女性も同じだと思うと教えてくれたのは飲酒だった。

会社の帰りにお酒を飲んで家に帰る女性も多くなった。日中の会食でも、食事とともにビールやワイン一杯程度を飲む女性はいる。私はお酒が一切飲めないので、酒を飲むのは大ごとと感じるのだが、飲める人にとっては水代わりなのだと思う。昼間は仕事があるから自粛していても、退社後は軽く一杯とはいかない女性もいる。件《くだん》の女性も同僚や仕事関係の人々といるときや、帰りの電車内では、酔っ払った姿を見せてはいけないと頑張っている。相当酔っているのに、ある部分では強い意識が働いている。しかし、一歩、自分の部屋に入ったとたん、それまでの緊張から解放されて、帰宅してからの記憶が完全になくなるというのだった。

翌朝、目覚めると、通勤時の服装のまま、床につっぷして寝ていたり、パジャマに着替えようとしたらしく、ズボンに片足をつっこんだまま寝ていたりするのは日常茶飯事。もちろん化粧は落としておらず、上着のボタンの位置をずれて留めていたりしても、いちおうパジャマに着替えてベッドに寝ていると、

「私、えらい！」

と誇らしく感じるのだそうだ。

泥酔する女性も多くなった昨今、女性の一人暮らしの無施錠の謎の一つは解けた。

しかしおばちゃんとしては、いつ何があるか分からないのだから、記憶をなくすほど飲んだらいかんと、言いたくなったのである。

Gとの闘い

これまで私が世の中でいちばん嫌いな生きものは蚊だった。薄気味悪い羽音で飛んできて血を吸う。血をもらったくせに痒《かゆ》みをもたらす恩知らずである。なので多くの人が嫌う頭文字Gの、台所でごそごそしているあの虫（名前を見ただけでぞっとする人が多いと聞くので、書かないことにする）よりも、蚊のほうが嫌だった。

ところが蚊のほうで、「おばちゃんの血を吸っても、ちっともおいしくない」と判断したのか、五十の後半を過ぎたら、若いころに比べて蚊に刺されなくなった。私も鈍感になったのか、刺されてもそれほど痒くなく、トップの位置が揺らいでいた。二番目は強いていえばGだったのだけれど、家では姿をほとんど見かけなかったので、嫌うほどの接点がなかったのだ。

しかしどういうわけか、一週間ほど前から、Gの姿を頻繁に目撃するようになった。慌ててGの駆除用品を購入し、台所にある全ての引き出しを点検したところ、「ひゃあぁー」の連続で、ゴム手袋をし、アルコールスプレーを手に全てを拭《ふ》きまくった。Gは蚊を抜いて、嫌いな生きものランクのトップになった。

私は一人暮らしなので、食器の数は少ない。取り出しやすいように、シンク上の棚ではなくて、調理台下の引き出しの中に入れていた。普段使いのものは手前に、あまり使わないものは奥に入れていたのだが、その奥のほうの大切にしていた食器に、Gの痕跡《こんせき》があるのを見て愕然《がくぜん》とした。気分的に煮沸消毒をしても使う気にはなれず、泣く泣く処分した。それまでGの姿を見なかったので、引き出しの奥のほうまでチェックしていなかったのである。

電化製品のマニュアルなど、たいしたものが入っていない引き出しには被害はなく、大切なものを入れていた引き出しに限って、被害が大きかった。木製のヘラ等の道具類が数本、友だちからもらって大事にとっておいた、フランス製のキッチンタオルも汚されていて、こちらも処分するしかなかった。

Gに対する私の怒りは頂点に達し、絶対に許すものか、これからは一匹たりとも、室内に入れるものかと身構えているとと、どこに隠れていたのか、一匹のGがこそこそっと歩いている。すかさず私は飼いネコに、

「捕まえて！」

と叫んだ。ところがうちのおばあさんネコは、奴が触角を動かしているのを見て、後ずさりする始末。私はGに対する必殺技と聞いた熱湯をかけるために、白湯《さゆ》を入れているボトルを台所に取りに走った。しかし戻ってきたら奴の姿はない。ネコに行方を聞いてもしらんぷりである。憎たらしいGが室内をうろついていると思うと、腹立

たしくて仕方がない。それからは「次に遭ったときは絶対に仕留めてやる」と、Gの完全駆除を目標に、私は白湯入りボトルを傍らに、鼻息を荒くしているのである。

年寄りの冷や水

私は一日にテレビを二時間程度しか見ないのだが、なかには見たい番組があれこれ目につくときもある。そういったときは番組を録画して、何も見たいものがないときに、再生して楽しんでいる。

先日、間違えて深夜の同時間帯に、二番組を録画予約してしまい、まったく見る気がなかった番組がレコーダーのディスクに残っていた。午後、仕事にも飽きたので、試しにその番組を再生してみたら、ＡＫＢ48の女の子がお笑い芸人さん三人に、「恋するフォーチュンクッキー」の振り付けを教え、彼らが三十分でどれくらい踊れるようになるかという内容だった。総選挙ではいつも圏外であるらしいメンバーの女の子の、振り付けの教え方がとても上手で、「おにぎりを作るように」「左、右と杖《つえ》をつくように」「耳に香水をつけるしぐさで」ととっても分かりやすい。彼女は振り付けは一度見れば、ほとんど覚えてしまうのだそうだ。ダンスの才能がある人たちは、そういう能力も併せ持っているのだろう。

私はダンスを見るのは好きだが、踊るのはからきしだめだ。でもこの曲は私が若いころ耳にしていた、アメリカンポップスの雰囲気に似ていて懐かしく、ＥＸＩＬＥの激しいダンス指導だったら、はなから踊ってみようなどと考えもしないが、「恋する～」のダンスは跳びはねる動作はほとんどなく、ステップ中心なので、私もできそうだと彼女の指導に従ってやってみた。

最初はぎこちなくても、曲に乗って踊れるようになると、楽しくなってきた。あたふたする中年の芸人さんの姿を見ては、私のほうが、ちゃんと踊れていると優越感を覚えたりもした。ただ自分が想像していたのとは違い、上半身に集中すると、下半身の動きがおろそかになる。特に下半身の鈍さには我ながらあきれるほどで、腰を回しながらスムーズにその場で回らなくてはならないのに、かっくんかっくんとした、ぎこちない動きになる。体の蝶番《ちょうつがい》のどこかが引っかかっているのは間違いなさそうだ。それでも何とか振り付けを覚え、最後は画面の彼らと一緒に、調子よく鼻歌まじりで通しで踊った。

ところが、やったという達成感の後、息があがってなかなか収まらない。そのうえくらくらしてきたので、ソファに座って脱力していると、頭に「年寄りの冷や水」という言葉が浮かんできた。これがそうでなくて何なのだろう。あれくらいのダンスだったらできると軽く考えていたのに、実際にやってみたら、運動量が自分の体力をはるかに上回っていた。還暦で週に四回、小一時間歩いているくらいでは、「恋するフォーチュンクッキー」は通しで踊れないのだ。しばらく脱力していたら落ち着いたので仕事に戻った。血の巡りは良くなったようであったが、せっかく覚えた振り付けも、翌日になったら、見事に忘れていて、知力と体力の明らかな衰えを痛感したのだった。

踏切と犬

私は午前中か夕方に、散歩を兼ねた買い出しに行くのだけれど、かなりの確率で出会う犬がいる。もちろん犬一匹でいるわけではなく、飼い主の中年女性と一緒である。最初にその犬を見たとき、踏切の前の地べたに横座りをしていた。犬の場合、踏切を渡ったときに、足を線路に引っ掛けたり挟んだりした経験があると、嫌がって渡らなくなると聞いたことがあるので、その子もそうなのかなと思って見ていた。

ところが踏切の警報音が鳴り、遮断機のポールが下り始めると、それまでだらっとしていた犬が、しゃきっと座り直して目を輝かせている。そして快速電車が走ってくるとその犬は、それまでワンとも鳴かなかったのに、

「キャン、キャン、キャン、キャン」

と大声でほえながら、ものすごい勢いで、その場で自分の尻尾《しっぽ》を追いかけるように、ぐるぐると回り始めた。踏切で電車の通過待ちをしていた人々も、最初はびっくりしていたが、高速回転している姿を見て「ふふふ」と笑い始めた。不思議だけど面白くてかわいいと、老若男女関係なく、みな笑いながら眺めていたのだ。犬は踏切で会うたびに、同じことをしていた。どうして電車が踏切を通過するときに、高速回転をす

るのかは謎なのだが、私は踏切に近付いてくると、

「あの子はいるかな」

と楽しみにしていた。

ある日、踏切を渡った先の店で買い物を済ませ、またそこを渡って帰ろうとすると、警報音が鳴り始めた遮断機のそばに、例の犬が座っているのが見えた。やはり電車が通過すると高速回転をし、周囲の人々も驚きつつも顔をほころばせている。そんなほほえましい光景だったのに、横道から歩いてきた六十代後半くらいの夫婦の夫のほうが、

「ほら、またいるぞ、あのバカ犬が」

と言った。ちゃかしたのではなく、本気で軽蔑《けいべつ》するような口調で吐き捨てたのだ。私は高速回転する犬の名前も知らないし、飼い主とも知り合いではないけれど、

「バカ犬とは何だ！　飼い主でもないあんたに、そんなことという権利なんかないだろう」

と怒鳴りつけたくなるくらい驚き、腹が立ってきた。最前列にいた飼い主には聞こえず、犬と一緒に踏切を渡っていったのが幸いだった。犬が嫌いならそれでもいいが、あんな物のいい方はないだろうと、何度思い出しても腹が立ってくる。

きっとその男性は自分以外のものを見下して、心ない言葉を発してきたに違いない。

こういう慈しみの心がない人は本当に嫌だ。同じ驚きでも犬は笑いを与えてくれたが、じいさんには不快感と怒りを味わわされた。世の中には理解に苦しむ感覚の人も多いけれど、あの犬には、傲慢《ごうまん》なじいさんの発言にめげることなく、これからも力いっぱい、高速回転を続けていってもらいたいと思ったのだった。

夜の外食

私はほとんど外食をせず、基本的に三食とも自炊をしているのだが、友だちが著名な飲食店本に掲載された、予約をするのが困難な鮨《すし》店の店主と知り合いで、一緒に食べに行きましょうと誘ってくれた。私にとっては三年ぶりの夜の外食だった。

すっきりとしたお店で、店主をはじめ働いている人々の姿を見ているだけでも、爽《さわ》やかな気分になった。お鮨はどれもおいしくて、彼女と二人で楽しく食事をしていると、私の右隣に三十代そこそこの男女が座った。ピンク色のワンピースを着た女性のおなかがふくらんでいたので夫婦のようだ。店主との会話から、私と同じようにはじめて来店したらしい。これから奥さんは出産、育児という大仕事が控えているので、パワーをつけるために、やってきたのかななどと想像しながら、私は新子《しんこ》を追加して目の前の鮨に集中した。

しばらくして隣に座っていた奥さんが、大きなピンク色のバッグの中を、ごそごそとさぐっているのが目の端に入った。気にもとめずに食べていると、彼女はそのドレッシーな姿とは不釣り合いな、ごっつい灰色の大きな物体をバッグから取り出した。手りゅう弾でも持ってきたのかとびっくりしてよく見たら、それは立派なレンズがついた一眼レフのデジタルカメラで、彼女は身を乗り出してカウンターに置かれた鮨を撮影しはじめたのだった。

　私の左隣に座っていた友だちも目を丸くしていたが、このような場所だし、一枚だけ記念に撮影したのだろうと思っていると、せっかくの目の前の鮨をほったらかしにして、カメラの画像を夫婦でのぞきこんで、うれしそうに話をしている。彼らにとっては、目の前の握りたての江戸前の鮨よりも、デジカメの画像のほうが優先順位が高いのだ。私が腹の中で、さっさと喰《く》えと念じていると、やっと食べはじめた。そして次の鮨が置かれると、また写真を撮影して夫婦で画像を見て大喜びをして、鮨はほったらかしという、鮨店に来る客としてはあるまじき行為を繰り返している。

　店主がやんわりと、

「他のお客さまにご迷惑なので、写真撮影はご遠慮ください」

　と注意すると、いちおううなずいたものの、次の鮨が置かれると、また写真を撮った。さすがにそれでカメラはバッグの中にしまったけれど、いったいこの夫婦は何なんだと、友だちとあきれてしまった。

　最近はツイッターやブログをしている人も多いから、それに載せるために撮ったのかもしれない。しかし年配の客が静かに食事をしているなか、店の雰囲気も考えずに、一眼レフ持ち込みで平気で写真を撮る神経がわからない。友だちには成人した子ども

がいるので、

「これから親になるのに、あんなことでいいのかしら」

と憤慨していた。久しぶりに夜の街に出かけてみると、そこには衝撃的な現実があると、私は驚いたのだった。

見間違い

この連載の一回目に、私のおっちょこちょいぶりについて書かせていただいた。その内容は、食器、調理道具などの洗い物を済ませて手を洗い、タオルで手を拭《ふ》く前にしずくを払おうと勢いよく手を振ったら、蛇口に力いっぱい当てて涙目になるというもので、いまだに一年に一回はやらかしてしまう。そういった気質は直らないらしい。

先日も雑誌を読んでいたら、ある女性の談話が載っていて、「うちの家族は腸が重いので、云々《うんぬん》」とあった。

「腸が重い？」

私は首をかしげた。しばらく考えて、きっとこのご家族は便秘体質で、腸が重いという表現をしたのだろうと、自分なりに納得したのだが、読み進んでいくうちに辻褄《つじつま》が合わなくなった。そしてもう一度よく見てみたら、「腸が重い」のではなく「腰が重い」だったのだ。老眼鏡をかけて読んでいるのにもかかわらず見間違える。すでに目の問題ではなくて、頭の問題になっているのかもしれない。

私は読みたい本をインターネットでまとめて購入するので、一週間に一度は必ず、宅配の業者さんにお世話になる。そのときに必要になる認め印は小さな箱に入れて、玄関の靴入れの棚に置いてある。先日も宅配便が届いたので、私は玄関で印鑑を手にして待っていた。こちらの部屋まで来るのに時間がかかっているので、エレベーターが一階に止まっていなかったのかなと思いつつ、ふと自分の右手に目をやると、手にしていたのは印鑑ではなく、携帯用の短い靴べらだった。

「ぎゃっ」

とびっくり仰天して靴べらを放り投げ、あらためて印鑑を手にしたとたん、部屋のチャイムが鳴った。私は何食わぬ顔をして、

「ご苦労さまでした」

などといいながら、伝票に押印したものの、実際は冷や汗が流れていた。

いったいどうしてこんなことにと棚を眺めていたら、前日に掃除をしたついでに、認め印の箱と靴べらの置き場所を変えたのを思い出した。変えたのは自分なのに、注意力散漫なものだから、てっきりそこにあるものと勘違いして、印鑑ではなく靴べらを手にしていたというわけなのだった。同じプラスチック製とはいえ、手にしたときにこれは違うと気がつかないのが恐ろしい。

それにしてもドアを開ける前に気がついて、本当によかった。にっこり笑いながら靴べらを出されたら、業者さんだって仰天するだろう。基本的な性格と加齢が原因なのは間違いないが、自分で自分が情けない。

「指さし確認励行」「注意一秒、怪我一生」と日に日に、自分に対する標語が増えていく。なのに今日も不動産広告の「扉」と「尿」を見間違えて、びっくりした。どれも他人様《ひと》には知られてはいないので、表立っては恥はかいていないものの、私は静かにダメージを受け続けているのだ。

子供の躾《しつけ》

先日、幼稚園の子供がいる知人女性と話をしていたら、

「最近の若いお母さんの考え方って、理解できません」

とため息をつく。彼女は四十歳で出産したので、周囲には彼女より一回り年下のお母さんも多いのだ。

まだ子供が幼稚園に入る前、近くの児童館に遊びに連れて行った。すでに十人ほどの子供が遊んでいて、備品のおもちゃで遊ばせていると、わが子より少し年上の男の子が、

「りんごがない！　りんご、りんご」

とわめき始めた。彼はままごとに興味があるらしく、自分の目の前に小さなプラスチックの皿を並べ、作り物のケーキやおにぎりなどをその上に置いている。確かに空の皿があって、そこに置いていたりんごが、いつの間にかなくなっているというのだった。

「りんごがなーい！」

彼は何度も大声を出し、ものすごく怒っている。すると母親は捜そうともせずに、

「それじゃあ、僕のりんごを盗っただろうって、みんなに聞いてごらん」

と彼を子供たちが遊んでいる所に走って行かせたのである。それを見ていた知人女性がびっくりしていると、男の子は、

「おれのりんごを返せ」

とそれぞれお気に入りのおもちゃで遊んでいた子供たちに片っ端から食って掛かり、言い掛かりをつけられた子供たちはあっけにとられ、なかには怖がって泣く子もいた。結局、りんごは彼が座っていた座布団の下から発見された。わが子を疑われたお母さんたちは怒っていたが、男の子の母親は何事もなかったかのように、知らんぷりしていたらしい。


また、知人女性の子供が通っている幼稚園は、毎日、お迎えに行かなくてはならない。退園時には母親が集まるのだが、子供が園の外に出たとたん、おやつを与える人がとても多いという。それもアメ一個のように口に含める小さなものではなくて、スーパーマーケットで売っている、おはぎや饅頭《まんじゅう》が三個入ったパック入りのものや、コンビニのケーキを手渡して、手づかみで歩きながら食べさせているのだそうだ。

「躾も何もあったもんじゃないですよ。いったい何を考えているんだか」

彼女は憤慨していた。その幼稚園は園内では英語を使うようにしていて、英語教育に力を入れている。そのおかげで大人になって、どんなに英語が話せるようになった

としても、基本的な礼儀を知らずに育ったら、万国共通で印象は悪いよねと、子供に教えるべき大切なものは何かを勘違いしている母親たちに私たちはあきれた。そして私は子供も孫もいないけれど、もしおばあちゃんという立場になっていたら、間違いなくあれこれ文句をいう、こうるさい姑《しゅうとめ》になったに違いないと苦笑いしたのだった。

手帳

新しい年を迎えるにあたり、これまで長年使っていた手帳ではなく、たまには違うタイプのものを使ってみようと、文房具専門店で物色した。使い続けているタイプは、本体と住所録が別々になっていて、それをカバーでファイリングする方式のものだ。どうしても分厚くなるので、次は手帳の中に住所録欄がある、薄手のものがいいと考えていた。店頭にはサイズも中身の形状も豊富で、さまざまなタイプのものが並んでいた。

たくさんあったなかで、一冊だけ気に入った手帳があった。最初に見開きでひと月ごとのブロックタイプの記入欄があり、その後ろの左ページが一週間のスケジュール、右ページがけい線のみのメモ欄になっている。毎月の締め切りの流れをチェックするために、ひと目でひと月分の予定がわかるブロック欄は、私にとって必要なのだ。しかしそれだけでは毎日の細かい予定が書き込めないので、日々のメモ欄も必要になる。それらを兼ね備えているので、これはいいと思っていたのに、難点が一つ見つかった。住所録の欄がないのだ。

十二ページしかないけい線だけの薄いノートがおまけのようについていたけれど、

これを住所録にしようとしても、全てを収録できない。他の手帳はどうかと見てみたら、どれも住所録の部分だけ、とても縮小されている。もう一度考えようと、何も買わずに帰ってきた。

どうして最近の手帳は住所録の欄がほとんどないのだろうと、知人に聞いたら、

「今は携帯電話で住所録の管理をしている人が多いから、手帳に書く必要がないのよ」

と教えてくれた。彼女も予定や住所録の管理は、全て携帯でしているそうだ。目覚まし時計や体調管理の機能もあったりするようで、携帯がお利口さんになったのはよくわかったが、私は携帯電話が好きではないので持っていない。だから出先で急に連絡を取る必要があったときに、手帳も住所録も持っている必要があるのだ。手帳も移り変わる世の中の現状に対応している。それは仕方がない。しかしその変化についていこうとしない私にとっては、どの手帳も使い勝手が悪くなってしまった。

「そんなに機能を詰め込んで、もし携帯をなくしたらいったいどうするのかしら」

こういったものの仕様まで、大多数にすり寄る状況にちょっとむっとしていると、知人は、

「手帳を落としたら、個人情報をすぐに全部見られてしまうでしょう。でも携帯電話にはロック機能があって、紛失しても重要な事柄は他人に知られないようになってい

るのよ」

という。ますます私の旗色は悪くなった。私だけが困るのはまだしも、住所録に載っている方々にまで迷惑をかけるのは避けたい。悩みに悩んだ結果、浮気はあきらめて、これまで使っているのと同じものを購入した。そして細心の注意を払って、手帳を紛失しないようにしようと、心に決めたのであった。

詫《わ》び状

先日、ちょっとしたトラブルがあった。私は知り合いの方が舞台に立ったり、展覧会などを開かれるときに、花をお贈りすることが多い。その際に、札に先方のお名前と私の名前が記されるのだけれど、その名前が間違っていたのである。

幸いだったのは、間違えられたのが先方ではなく、私の名前だったことで、それについてはほっとした。しかし先方に間違った名前でお花をお贈りしたのも失礼なので、すぐに先方にお詫《わ》びするようにと店に連絡した。すると店の責任者が私のところにも詫びを入れに来るという。家では仕事をしているため、中断するのは避けたいので、どうして名前を間違えたのか、その原因を書いた詫び状を送ってほしいとお願いした。

しばらくして原因を説明した詫び状が送られてきた。いつも花をお願いしているその店では、札をプリンターで印刷しているという。私は手書きではなく印刷というところにまず驚いた。しかしテレビで、お寺で卒塔婆《そとば》の文字を、専用の機械に差し込んで印刷しているのを見たこともあり、卒塔婆ですら印刷なのだから、まあ、祝い花の札が印刷でもしょうがないと消極的ではあるが納得した。

そしてたまたまそのときに、店のプリンターが壊れてしまい、系列店に札の印刷を依頼した。そこで誤字が印刷されてしまった。札を受け取りに行った店員も点検しなかったものだから、間違いにも気がつかず、そのまま納品、展示されてしまったというわけなのだった。

　つまりダブルで確認作業を怠ったわけねと原因はわかったけれど、印刷の札の次に驚いたのが、その詫び状が手書きではなく、すべて印刷だったことだった。私も本当に事務的な用事の場合は、本文はすべて印刷だが、自分の名前だけは手書きにしている。それが最低限の礼儀のような気がしているからだ。自分が書いたという責任の表れでもある。しかしその詫び状は頭から最後まで、つまり詫びている責任者本人の名前まで、印刷されていたのだ。

　文章は決まり切ったものではなかったので、パソコンでその方が考えて書かれたものだと思う。私はそれを見ながら、

「惜しい！　名前が手書きだったら、もっと印象が良くなったのに」

　とつぶやいた。

　今はこういった時代なのだなあとあらためてわかった。自分は字が下手なので、そのような字で手紙を書いたら、よけいに相手に失礼ではないかという人もいる。しかし下手であっても、きちんと書いてあれば、相手に気持ちは通じる。詫び状をいただいておいて、あれこれいうのも失礼かしらとは思うが、相手に気持ちを伝えるために

は、最低限、自分の名前くらいは手書きで書くように、上司、先輩は指導したほうがいいのではと感じた出来事だった。

髪の悩み

私の今のいちばんの悩みは、ヘアスタイルである。肌が弱いのでパーマをかけた経験はなく、白髪は五十三歳になって出てきたけれど、銀髪に憧《あこが》れているので、カラーリングもせずにショートカットで、白髪も生えるままにしている。普段はヘアメークを仕事にしている女性に、家に来てカットしてもらっているのだが、彼女の都合が悪いときには、特に店は決めずに近所のヘアサロンに行く。すると「白髪のままでいる女なんて許すまじ」と言いたげな美容師に、ものすごくしつこくカラーリングを勧められる。白髪を隠さないなんて、女ではないというようなニュアンスの言葉を吐かれたこともある。

私が、植物染料のヘナでもかぶれるほど肌が弱いからと説明しても、とてもしつこい。

「それでは異常が出たときに、あなたが責任を取ってくれるのですか」

と聞くと、露骨に不愉快そうな顔をされた。私は白髪に対しては悩みはないけれど、妙な髪の毛の癖が出てきたのが問題なのだ。

もともと内側に巻く癖があり、今までは洗髪、乾燥後、ほったらかしでも、それなりに形が整っていた。無精者の私にはぴったりで、髪の毛のセットやアレンジも、したことがなかった。加齢によって髪の毛が細くなるのは、そうなるものと認識していたが、この癖については想像を超えていた。

洗髪して乾かしただけだと、どうしてそこにといいたくなるサイドに、妙なうねりが出る。ボリュームが欲しいトップはぺっちゃんこなのに、サイドは横に広がる。おまけにうねりの反対側の顔に近い部分は、内側に巻かずに外はねの癖になった。他の部分の毛先は内側になっているものの、どうして部分的にこうなるのかわからない。若いころはそんな兆候など一切なかったのに、年を取っただけでこうなったのである。

その癖があるせいで、思うようにヘアスタイルが決まらない。どうしたものかと鏡の前で、ブラシを片手に髪の毛をあっちこっちにとかしてみる。今まで使ったこともない、スタイリング剤を買ってはみたものの、慣れないものだから、いじればいじるほど、トップはますますぺったんこになって、へんてこなヘアスタイルになった。

シャンプーを替えれば何とかなるかもと、市販のオーガニック系の肌に合いそうなものを選んだら、相当な数になった。シャンプーによって洗い上がりが違うのはわかったが、いちばん私が望む洗い上がりに近かったのが、安価な固形せっけんと、最後にわかったときには、ちょっと悲しかった。

毛根の毛髪情報というのは、生まれつき組み込まれているものではないのだろうか。

白髪になったり、抜けたりというのは理解できるけれど、これまでなかった癖が出てくるというのが、いまひとつ理解できない。どうして迷惑な変化が訪れるのか。私にとっては人体の不思議のうちの一つなのである。

美少女

私の知り合いの夫婦は、夫が六十七歳、妻が五十歳である。子どもはいない。その夫が高校のクラス会に行った。それまで彼は同級生に会いたいとも思わず、案内が来ても無視していた。ところが妻の、

「あまりに姿を見せないと、もうこの世にいないと思われるよ」

のひとことが効いたのか、

「一度くらい行ってみようか」

と出かけていったのである。

すると帰ってくるなり彼は、

「やっぱり女は金をかけないとだめだな」

と言ったという。当時クラスには、学内のほとんどの男子が憧れている女子がいた。目がぱっちりとして色白で、まるでお人形のような美少女で、彼は男はどうでもいいが、彼女は来ているのかと探してみた。幹事に尋ねたら来ているという話だったのに、どうしても見つけられない。するとそばにいた女性の同級生が、部屋の隅にいると教えてくれたのだが、その場所にいた女性は、あれがかつての美少女かとびっくりする

ほど老けていた。

ばさばさの髪の毛を、黒いゴムで一束にまとめているだけで化粧っ気もない。ホテルのレストランの会場を訪れるのには不釣り合いな、夫の服を借りてきたような普段着姿なのも違和感があった。彼女の存在を教えてくれた女性が言うには、元美少女は結婚後、ずっと金銭的な苦労が続いているらしく、彼も彼女の姿を見て、その大変さが手に取るように分かった。

一方、会場で目をひいたすてきな女性たちは、彼が高校生のときには注目していなかった、ごく普通の目立たない人ばかりだった。高校生のときは、つぼみの気配すらなかったのに、今になって見事に大輪の花が開いたといったふうである。話を聞くと彼女たちは、自分たちには生まれ持った美貌《びぼう》はないので、きれいになる努力を続けてきたのだという。頭のてっぺんからつま先まで、これまでずっとお金をかけてきたというのだった。

「ふーん、それじゃあ、お金持ちの男性を見つけなきゃだめってこと？」

妻が尋ねた。

「そうじゃなくて、できる範囲で金をかけろっていうことだよ。旦那《だんな》も奥さんが身ぎれいにするための出費は認めてあげなきゃ」

夫はかつてそれほどでもなかった女性たちが、美しくなったのを見て、単純に驚い

たらしい。それならばと妻が、

「それじゃ、あなたはどうしてくれるの？　私はどれくらいお金を使っていいの？」

　と夫に迫った。

「うーん、カピバラは五億円使っても、吉永小百合《よしながさゆり》にはならんだろう。だからおまえは何もしなくていい」

「何ですって！　私だってカピバラ界のいちばんの美人になりたいわっ」

　同窓会のおかげで、この夫婦はひと月過ぎた今に至るまで、ずっと冷戦中なのである。

大人と子ども

昔は大人と子どもと、していいことの明確な線引きがあったけれど、今はそれがあやふやになっている。私が育ったのは昭和三十年代なので、現代とは比較はできないものの、

「どうして親がそんなに、子どもに何でもしてやるのか」

と驚くことが多い。

子どもに夢を託すのは親として当たり前なのかもしれないが、センスの悪い大人にならないために、また子どももお洒落《しゃれ》が好きだからと、親が支払うひと月の子ども用の洋服代（子ども用の化粧品含む）が、五万円と聞くと、

「なんだそりゃ」

とあきれてしまう。子どもの洋服代がお父さんの何倍もかかっているのだ。

その話を知り合いにしたら、彼女の大学生の娘さんが私立中学校に通っている頃だから、今から七、八年前になるが、「長期の学校の休みが終わると、顔が変わるお友だち」がいたという。春、夏、冬の休みが終わるたびに、学校に行くと、

「あれ？　顔が違う？」

と首をかしげる子が、学年で一人、また一人と出てきたらしい。

同級生は無邪気な中学生であるから、

「前と顔が違ってる」

と指摘すると、当人は、

「そんなことないよ。絶対にそんなことはない。ヘアスタイルを変えたからだと思うよ」

と笑っているのだが、明らかに目が二重になったり、鼻が高くなったりしていた。なぜ親がそんなことを許すのだろうかと、ため息をついた私に、知り合いは、

「タレント事務所のオーディションがあるでしょ。それ用なのよ」

と教えてくれた。芸能界に興味のある女の子たちは、合格するために事前に顔面の微調整に入るというのだ。

「そこまでしたのだから合格したのかしら」

「ううん、みんな落ちたみたいよ」

知り合いは首を横に振った。大人ならともかく成長過程の子どもの顔面をいじるなんて、親はどう考えているのだろうかとあきれるのだが、価値観の違う大人、親が増えているからなのだろう。

そしてつい最近、テレビ番組を見ていて、仰天したのは、子ども向けの脱毛サロン

である。ゲストの小学校低学年の子役の女の子はそれを知っていて、学校の友だちと、

「やりたいね」

と話しているとか。司会の中年男性がびっくりして、どこを脱毛したいのかと聞いたら、背中の毛なんだという。

「それって産毛でしょう」

彼もやや悲しげに言っていたが、第二次性徴ですらまだなのだから、脱毛する毛なんてないはずなのに、恐ろしい世の中になったものだ。そして子どもの言いなりになって、施術させるであろう親たちに対して、またまた怒りがこみ上げてきたのだった。

ありのまま

先日、友だちが、新しく購入したタブレット型端末を見せてくれた。表示される画像がなんと美しいことか。私が使っている二〇一〇年製のパソコンよりもはるかにクリアで、同じく音質もうちのパソコンとは比べものにならないほど素晴らしく、タブレット型端末がとても高性能なのがわかった。

その翌日、テレビをつけたら、タブレット型端末の使い方の番組を放送していた。アプリケーションを使ってさまざまなことができると紹介していて、なかでいちばんびっくりしたのが、撮影した画像のなかの不要な部分が消せるという機能だった。たとえば画像を撮影したら、不要なものが写っていた。それを画面の上から指で触って範囲を指定すると、その不要なものが消滅するのである。なのに背景はちゃんと残るのだ。

私はテレビの前で驚愕《きょうがく》した。不要な部分を指定して、すべてが消えるのならばまだ理解できるのだが、背景はそのままというのは、いったいどういうしくみなのだろうか。私の頭ではまったく理解できない事柄が、現実に起こっているのである。

そのアプリの機能を調べてみたら、写っている人物も消せるという。となるといくらでもウソ写真が作れるではないか。芸能人の密会写真も、実は一緒にマネジャーや友人がいたのに、不要な人物たちをトリミングして、まるで二人だけで会っているように印象操作していたという話も聞いたことがある。しかしタブレット型端末のアプリだと、画面上で彼らがいなくなってくれるわけである。

私は写真を撮られたら、魂を抜かれるといわれた時代に生まれたわけではないが、人物や動物が写っている写真は雑に扱えない。壁に貼るときも、顔や体にピンが刺さらないようにする。何人かで仲よく笑って撮影したのに、後日、自分だけが消された画像を見たとしたら、ショックを受けるのは間違いない。よりよい画像を残したいという気持ちはわかるけれど、不要なものを簡単に消せる機能が開発されていることが、ちょっとこわくなった。そんなに画像から消したいものがあるのだろうか。

知人から聞いた話では、携帯電話、スマートフォンのカメラには美肌、デジカメにも小顔にみせる機能があるらしい。ブログなどのインターネット上の画像で、きれいな人だなと思っていても、実は美肌、小顔機能などを駆使していて、実際に会うと「誰?」と首をかしげることがしばしばあるそうだ。また、若者がどれだけ小顔になるのか、検証している画像があったが、体は普通なのに頭部がマッチ棒の頭くらいまで、小さくなっていたのには笑ってしまった。世の中、消したり美化したり、あれこれ加工している人が多いようだ。一時期、ありのままがどうたらこうたらという歌が流《は》行《や》っていたが、現実にはありのままでいいと思っていないのが、よくわかったのだった。

通勤着

先日、ずっと仕事でお世話になっている、私よりも少し年上の女性と話していたときのことである。彼女は数年前に定年退職し、現在は同じビル内にある、系列会社の嘱託社員として働いているのだが、

「最近の女性会社員って、どうしてあんなに服装がラフなのかしら」

という。知り合って三十数年間、彼女はいつもワンピースかスーツで、カーディガン姿さえ見たことがない。一般的に男性はほとんどがスーツか、ノーネクタイでもジャケットを着用しているけれど、若い女性でジャケットを着ている人は、就活以外では見掛けなくなった。

問題のある彼女たちは、どんな服装で通勤しているのかと尋ねると、梅雨時から夏場にかけては、コットンや麻のふわっとしたデザインのブラウス、チュニックなどを重ね着し、足元はレギンス。そうでなければ、Tシャツにスウェット素材の羽織り物。下はスキニージーンズか、やはりレギンスが多いらしい。

「きちんとプレスされたスカートやパンツをはいている人なんていないのよ」

彼女は、きちんとした服を着るから、気持ちもしゃんとして、労働意欲も出てくる。

それがあんなずるっとした普段着で、仕事がまともにできるのかとお怒りなのである。

今のファッションは、アイロンをかける必要がない服が多いのはたしかだ。Tシャツもレギンスも、がーっと洗濯して乾燥すればそのまま着られるような、手軽な材質ばかりになっている。アイロンが必要なのは、外出向きの服だから、そういった意味では外出用の服の基準が違ってきたのだろう。

私が子どものころの、昭和三十年代の東京の通勤風景の動画を見たことがある。男性の会社員はみなスーツだし、女性もスーツかツーピースで、中にブラウスを着ていた。内勤の女性であっても、男性のスーツに準ずる服装だった。それから比べると、最近の女性の通勤着は、くだけすぎているかもしれない。

本人は着心地がよくても、仕事で会う相手によっては、レギンスやスキニージーンズだと、眉《まゆ》をひそめられる可能性もある。他社の話だが、打ち合わせに同席していた女性社員の服装が礼を失していると、後日、仕事相手にしかられたという、上司の愚痴を聞いたこともある。

私が思うに、きっと彼女たちは普段着では出社していない。彼女がだらしなさを感じる服装も、彼女たちにとっては立派な外出着であり、通勤着なのだ。

「ええっ、それだったら、いったい普段はどういう格好をしているのかしら」

彼女はあきれている。

「寝間着と普段着がほぼ同じという人も、たくさんいるみたいですよ」

以前、若い女性から聞いた話をしたら、彼女は絶句したまま、その場に固まってしまったのだった。

プレゼント

今年、知人の一人息子が、幼稚園に入った。これまでと違い、人間関係が大きく変化する時期になる。

「それも社会勉強で、必要なのは重々分かっているんですけど、ちょっと困ったこともあるんです」

母親である彼女の顔が、いまひとつ暗いのである。

例えば彼女は、これまで家族三人の誕生日には、手製のバースデーケーキを焼いていたが、プレゼントは準備しなかった。ローン、教育費がかさむので、節約第一の家計になっているのである。それでも息子は、母親の手作りのケーキを喜んで食べ、満足していた。ところが幼稚園に通い始めて、友だちといろいろと話しているうちに、誕生日にはどうやらプレゼントというものがあるらしいと、気がついてしまったのである。

ある日、幼稚園に迎えに行くと、息子が顔を見るなり、

「お母さん、どうしてうちは、誕生日プレゼントがないの」

という。話を聞くと、仲よしの○○ちゃんも△△くんも、誕生日にはケーキのほか

に、プレゼントをもらっていた。よほど衝撃を受けたのだろうか、彼は幼稚園の子どもたちに片っ端から聞いて回り、誕生日にプレゼントをもらっていないのは、自分だけだったと訴えたのだ。

「ケーキを焼いてあげているでしょう。あのケーキは嫌い？」

と聞いてみた。すると彼は、嫌いじゃないけど、プレゼントも欲しいと言い続ける。あまりにしつこいので、彼女が、

「誕生日にはお母さんが焼いたケーキしかないの。それがうちの決まり」

と繰り返し説明しても納得しない。戦隊ヒーローショーには連れていってあげていると言っても、まだ見ぬ「プレゼント」というものの魅力には勝てないらしく、ずーっと「プレゼント」を連呼していたという。

それからは幼稚園から帰ってくるたびに、

「ぼくも手に持てるこいのぼりじゃなくて、庭に立てられる大きいのが欲しい」

とか、

「あのおもちゃを持っていないのは、ぼくだけだった」

と他の家の内情を知っては、訴え続ける毎日になってしまった。

私は子どもを育てた経験がないので、

「それを納得させるのが、親の役目なんだろうけどねえ」

と小声で言うしかできなかった。

「ここで甘い顔を見せたら終わりだと、こちらもぐっと耐えているんですけど。それにしても耐え続けるのは大変です」

彼女はため息をついていた。それを聞いた私も、これからしばらくは、友だちとの比較が延々と続くのだろうなと、親である彼女に同情したのだった。

タトゥー

うちの近所には保育所があり、午後になると若いお母さんたちが、次々に迎えに来ている。時間帯が少し早めなので、フルタイムで勤めている会社から、直接、保育所に来たのではなさそうだ。暑いので彼女たちの服装は襟ぐりが開いていたり、フレンチスリーブだったりするのだが、そこから見える素肌にタトゥーがあった。

あるお母さんは、ちょうど背中側の首の付け根に、手のひらほどの大きさの蝶々《ちょうちょう》。もう一人は右腕の肩の付け根に近い部分に、三センチくらいのスミレ、もう一人は向かって右側の鎖骨の下にハスの花を入れていた。迎えに来ていた五人の母親のうち、三人がタトゥーを入れていて、六十パーセントという確率に、私はびっくりしてしまったのである。

男性でもタトゥーを入れている人はいる。でも彼らは容貌《ようぼう》やファッションがハードな感じなので、違和感はない。ただし女性の場合は、男性よりもさまざまなファッションの人がいるし、意外なタイプがタトゥーを入れていたりするので、薄着になって見えたときに、あれっ？　となるのだ。

たまたま私が、そこの全児童三十人ほどの母親のうち、タトゥーを入れている人、全員を見てしまったのかもしれないが、それでも多い印象だった。海水浴に行けば、そこここにタトゥーを入れた人が見られるのかもしれないが、ごく一般的な住宅地の中で、それも母親のタトゥーを見るというのは、なかなか衝撃的な経験だった。

私の世代から上は、タトゥーというと刺青《いれずみ》と同列の印象がある。若い人たちにとっては、アクセサリーのようなものでも、理解しがたい部分があるかもしれない。四十年以上前、私が二十歳のときにピアスの穴を開けたら、母には何も言われなかったが、知り合いのおばさんからは、「親からもらった大切な体に何をする」とものすごくしかられた。あんな小さな穴でさえそんなふうに言われたから、もしもタトゥーを入れたとなったら、大騒ぎになっただろう。

独身時代にタトゥーを入れた若い女性も、結婚して母親になる。だからタトゥーを入れたお母さんもいて当然なのだ。私はタトゥーに偏見はないし、親が入れているからといって、子どもに対する愛情が変わるわけでもない。しかし最近は温泉や公共のプールの自主規制で、入場を断られたりする場合もあるようだ。手のひらの大きさだと難しいけれど、小さめのものだったら、ファンデーション等で隠せるとはいえ、子どもと一緒に遊びに行くときに、問題はないのかなあと思う。

タトゥーを入れているお母さんは、当然、おばあさんになる。四十〜五十年後には、タトゥーを入れた老婆がそこここにいる可能性があるが、皮膚の張りがなくなった体の上で、そのときもスミレはちゃんとスミレとして見えるのだろうかと、それだけは気になってしまうのであった。

美人

最近は女優でもタレントでも、目の覚めるような美人を見かけなくなった。昔の美人は本当にきれいで、子どもの私は雑誌に掲載された写真を穴の開くほど見ては、ぼーっとしていた。このような人になりたいと考えることもなく、ただひたすら崇《あが》めるだけの存在だった。町内にも美人といわれるお姉さんはいたけれど、当時の女優は市区町村ではなく、都道府県に一人か二人の割合で発生する美人だったのだと思う。

映画から、テレビ全盛になると、美人よりも親しみやすい、かわいらしい女優が多く出演するようになっていった。そして最近は、一瞬、美人と感じても、気をつけないと騙《だま》される。思いっきり顔を人工的にいじっていたり、よく見ると化粧が上手なだけで、つけまつげを取り、顔面に塗っているものを取ったところを想像すると、

「あれ？　そうでもない？」

とがっかりする。私は人工的だったり、さまざまな道具や化粧の技術で作り上げた美人ではなく、本物の美人を見たいのだ。

ところがついこの間、たまたま出かけた場所で、その目も覚めるような美人に遭遇してしまった。場所はある飲食店で、高齢の大女将《おかみ》から見ると、孫の妻という立場の

女性だった。女将も現役なので、彼女は女将見習いといった立場になるだろうか。三十代後半から四十代初めくらいの年齢の彼女が姿を現したとたん、周囲の雰囲気ががらっと変わり、透明感が漂ったのには驚いた。彼女のそばには十数人の人がいたのにもかかわらず、他の人々の存在が消えてしまうほど、彼女だけが際立っていた。私は思わず、「うわあ」と声が出そうになったのをぐっとこらえて、彼女の顔に見とれてしまった。

私の基準とする美人は、内面も多分に含まれる。六十年も生きていると、外見がきれいでも、性格が悪い人には嗅覚《きゅうかく》が働くので、そういう人は私の基準では美人から外す。内面の充実があっての美人なのである。私の目がくぎ付けになった美人は、それも見事にクリアしていた。化粧は薄いのに、目は潤んでぱっちりと大きく、鼻も口も上品。現代風の男顔のきりっとした美人ではなく、押し付けがましくない控えめな雰囲気の美人であるところも好ましかった。

久しぶりに美人を見て、私はうれしくなって、その店から出た後、同行した年下の女性に、「あの方、おきれいだったわね」といったら、「私もびっくりしました」とうなずいていた。そして女二人はなぜかにこにこしていた。男性だけではなく同性も、感じのいい美人は好きなのである。漏れ聞いたところによると、彼女のご実家は有名老舗《しにせ》旅館で、一族の女性たちはみな美人だとのこと。家系に脈々と美のDNAが受け継がれ、数多くの美人を輩出してきたようだ。私は久々に目の覚めるような美人を見て、しばらくの間、とても幸せな気持ちになれたのだった。

弁当

知人の娘さんが、今年から働き始め、自分で弁当を作って会社に通っている。同期入社の社員には、男女を問わず弁当を持ってくる人がいるので、昼食時になると会社の空いている会議室に集合して、五、六人で仲よくお弁当を食べているのだそうだ。

ある日、いつものようにみんなでお弁当を食べていると、三十代半ばの先輩の男性が、

「ちょっといいかな」

と入ってきた。一同が「はい」と返事をして見ていると、先輩は空いている席に座り、みんなの弁当を見回して、

「おいしそうだね。手作り、いいねえ。僕、ご飯だけあるんだけど、ちょっとおかずを分けてもらってもいい？」

と、手にしていた白飯のパックを差し出した。

顔を見合わせながらも新入社員の彼らは、少しずつ自分のおかずをご飯の上にのせてあげた。

すると先輩は、

「うまいねえ。あっ、これもうまい」

と絶賛しながら、大喜びで食べている。一同が首をかしげていると、先輩は、

「うちの奥さんは、僕にご飯を全然、作ってくれないんだ。この間も家に帰ったら、奥さんと子どもたちは食べ終わっていたのだけど、ないといわれたから、コンビニで弁当を買って食べたんだ」

と悲しそうにため息をついたという。

社内の人の話によると、先輩の十歳下の美人で有名な奥さんは、高校を卒業した直後に結婚した。先輩は奥さんが高校生のときに一目ぼれして、ほかの男に取られる前にと、強引に結婚にこぎ着けたらしい。ところが奥さんは子どもが二人生まれたのに、家事のほとんどをせず、ゲームばかりやっている。最低限の家事は、自分と子どもたちのためなので、夫は含まれていない。先輩は日々の手料理にすらありつけないのに、会社に弁当を持って来られるような状態ではないのだった。

「ご飯がないってどういうこと？　おかずの量を家族の人数分作っていれば、済む話なんじゃないの」

私が知人に聞くと、奥さんはとにかくゲーム以外には興味がないので、ご飯のおかずはウインナーソーセージと卵と野菜を炒《いた》めるのが定番になっている。家族の頭数など関係なく、毎回ウインナー一袋を使い、自分と子どもたちで食べきってしまうと、

「ない」ということになるというのだ。

「なるほど」と私は妙に感心してしまった。奥さんには奥さんなりの理屈があったのだ。他人様《ひと》の家庭の話ではあるが、ウインナー二袋を炒めて、余った分を夫の弁当にはできないのかと助言をしたくはなったが。娘さんの先輩は気の毒だとは思いつつ、外見だけに目を奪われて、妻になる人の性格や適性をチェックしなかったのだから、

「自分にも問題はあるよね」

と知人と私は意見の一致を見たのであった。

スマホ対活字

私は電車に乗ると、座席に座っている人々のうち、本でも新聞でも活字を読んでいる割合をチェックするのが習慣になっている。まだ携帯電話、スマホ、携帯ゲーム機が普及する前は、電車内で本や新聞を読むのが普通だった。そんななかで男性が、男性週刊誌や漫画雑誌を読んでいるのを見て、「漫画を堂々と人前で読むなんて恥ずかしい。外国ではそんなことをする人はいない」といった、真面目な方々の意見もあった。しかし最近は電車内で漫画雑誌を読んでいる人すら見かけなくなってしまった。

私のこれまでの調査、といっても全路線、全時間帯を調べているわけではなく、用事があって私が乗車した路線、時間帯のみという、とても狭い範囲での結果ではあるのだが、席に座っている人のうち、残念ながら活字派が、スマホ、ゲーム派を上回ったことはなかった。

特に若い人たちは、歩きスマホは危険だといわれているのに、スマホに目を落としながら電車に乗ってきて、そのまま座席に座り、スマホから目も手も離さない。生まれたときからスマホが手に貼り付いているかのようだ。ゲームをしている人たちは目が真剣で、なかには「むむっ」とか「うっ」とかうめいたりしている人もいる。

活字派はこのような人々に押されて人数が激減し、私の調査の結果、五分五分にもならずに惨敗である。悔しいので一車両分を必死に数えて、何とか活字派を増やそうと試みても、ますます活字派が減ってきたりして、がっくりした。高齢者が座る可能性が高い優先席でも、活字派はほとんどいないというありさまなのだ。

さすがに中高年で携帯ゲーム機を持っている人はいなかったが、スマホを持っている人は多くなった。車内で操作しているのは一〇〇パーセント女性で男性はいない。女性が外出すると、家のことが気になり、あれやこれやと身内に連絡、指図する必要があるからかもしれない。中高年男性は夕刊紙やスポーツ紙を読んでいるか、何もせずに車内を眺めているか、寝ているかであった。

昨日、仕事で外出する用事があり、普段は使わない路線で、都心ではない方向に行く電車に乗った。平日の午後一時半すぎである。調査を開始しようとそばの座席を見ると、子どもから高齢者まで老若男女関係なく、七人全員が寝ていた。スマホ、ゲーム派ゼロは初めてだった。驚いて向かい側の座席を見ると、まるで申し合わせたように、その座席の五人も寝ている。私が乗っていた車両のうち、起きていたのは私を含めて三人だけで、あとの二十三人は全員寝ていたのである。こんなに寝ている人が多い車両に乗ったのは初めてだった。スマホ、ゲーム派はゼロだが、活字派もゼロ。双方ゼロなので、そういう意味では初めて五分五分にはなったのであるが、そうか、こういうこともあるのかと、私は複雑な気持ちで電車を降りたのだった。

トレーニング

知り合いの四十代の男性は、結婚後、二十キロ体重が増加してしまい、妻からはいつも、怠けていないで痩《や》せるために早く手を打て、と言われていた。ある日娘が、「パパそっくり」と笑いながら、絵本を持ってきた。何だろうと見てみたら、ロシアの入れ子人形、マトリョーシカの絵が描いてあった。女性だとふっくらしてかわいらしいけれど、男がこうなってはさすがにまずいと反省し、近所のトレーニングジムに行ってみたのである。

受付にいたのは、姿勢のいい若い女性だったが、彼女は彼を見るなり、ん？　という顔をした。彼が入会したい旨を話すと、

「はあ、そうですか」

とどこか乗り気ではない雰囲気が漂っている。しばらくすると担当の男性が出てきたのだが、彼はその男性を見てびっくりした。まるでボディービル選手権を十連覇しているのではないかと思えるほどの、逆三角形の筋骨隆々とした体格なのである。その男性もまた彼を見て、ん？　という表情になった。まず見学からという話になり、トレーニング室に入ったとたん、またまた彼はびっくりした。そこにいる八人ほどの

男性全てが、盛り上がったものすごい筋肉の人ばかりなのだ。

「ちょっとやってみますか」

担当の男性に促されてバイクに乗ってみたものの、あっという間に息が切れる。ランニングマシーンに乗っても、足がもつれて転びそうになる。ウエートトレーニングも、一番軽いものにしてもらっても、マシーンは微動だにしない。そして最後に担当の男性から言い渡されたのは、

「体が普通に動くようになったら、来てもらえませんか」

だった。それを聞いた彼は、おれは普通に体は動いてるぞ。毎日ちゃんと会社に通っているしと心の中で反論しつつ、すごすごと帰ってきた。

週明け、会社の後輩にこの話をすると、

「あー、そこは僕たちが、行っちゃいけないところです」

と言われた。スポーツジムにはランクがあり、彼が近所だからと行ったところは、すでに分厚い筋肉を造り上げた人が通う、トップクラスのジムだった。彼らの言う、普通に動けるという感覚は、自分たちと相当の隔たりがあるのだと説明されたのだった。

「そんなところに、何十年も運動をしていない入れ子人形が行ったら断られるよな」

彼は自分の醜態を思い出して苦笑しつつ、絶対に痩せてやると意を決した。

そして彼は初心者の中年男性を温かく受け入れてくれるジムに入会し、食事も見直した結果、徐々に体が締まってきた。

「いつか彼らに、普通に動ける体になったと、見せつけてやりますよ」

やる気満々の彼に私は、入れ子人形に戻らないようにがんばれと、心から励ましたのである。

習慣

先日、着物を着て都心に出掛けた。待ち合わせの時間よりも少し早く着いたので、駅の近くの古いファッションビルで時間をつぶそうと中に入った。上の階からフロアを巡って、エスカレーターで降りていくと、平日の午前中のせいか、フロアを歩いているのは私一人で、ほかに客がいない。建物の前の大通りには外国人観光客が大挙して押し寄せているというのに、どうやらこのビルは、観光ルートに入っていないようだった。

「こんなに閑散としていて、お店は利益があるのかしら」

と余計な心配をしていると、エスカレーター横の洋服店の店頭に立っていた、私と同年輩の女性が、にこやかに笑いながら声をかけてきた。

「パンツのご試着、なさいませんか」

「は？」

驚いて顔を見ると、彼女はにっこり笑い、もう一度、

「パンツのご試着、なさいませんか」

と繰り返したのだ。

その店のショーウインドーを見ると、たしかにシルエットはきれいだけれど、私がはくと明らかに「殿中松の廊下」になってしまう、殿下《またした》がとても長いパンツがずらりと並んでいた。私は体形的にそれを着るのは難しいうえに、今、着物を着ているのである。もちろん足元は草履。ものすごーく無理をすれば、試着ができないわけではないが、着物を着て洋服を試着する人は、まずいないだろう。

私は小声で、

「いいえ、結構です」

と断ってその場を去ったのだが、どうして彼女は試着を勧めたのか、その理由をずっと考えていた。誰でもいいから声をかけたら、その人数によって、給料が一〇〇円ずつ上がるとか、着物を着ている人に対して、難なく試着させられるテクニックを彼女が持っているとか、あれこれ考えてみたのだが、彼女は深く考えず、店の前を通った人全員に、機械的にパンツの試着を勧めるのが、習慣になっているとしか思い当たらなかった。それを長年、続けているため、相手が洋服だろうが和服だろうが関係ないのだ。ただ人が来れば、同じ言葉を繰り返す。十二単《ひとえ》を着ている人にでさえ、

「パンツのご試着、なさいませんか」

といいそうだった。

特にファストフード店などでは、店員が会社のマニュアルに従って、客の誰に対し

ても同じ言葉、対応を繰り返すのは、よくあることだが、臨機応変に対応してくれないと、まるで昔のロボットと話しているような気分になる。最近のロボットは進化していて、状況に対応できる仕様になってきているようなので、接客を仕事としている人としては、ロボットよりもいまひとつという事態に陥ってしまう。私はにこやかな女性の笑顔を思い出しながら、複雑な気持ちになったのだった。

付け届け

うちの家族は、何ヵ月も入院するような病気にもならず、病院とは無縁の生活を送ってきたのだけれど、二〇〇八年に私の母が救急病院にお世話になり、その後リハビリ病院に転院した。そしてそのとき初めて、病院内にあるさまざまなものを目にして、私は「へええ」と驚いたのである。

いちばん驚いたのは、救急病院にもリハビリ病院にも、いわゆる付け届けお断りの文言がそこここに書いてあることだった。書いてあるといっても、実際は、

「病院の者に対して、物品、金品の贈与は固くお断りいたします」

と記されたプレートが壁に打ち付けてあるのだが、それがロビーから廊下からエレベーターの中まで、

「もう分かったから、そんなに何度も言わなくてもよろしい」

と言いたくなるくらい、そこここにあった。付け届けをしようとした人に対して、

「そんなこと、知りませんでした」

と絶対に言わせない、病院側の気迫が感じられたのである。

昔、病院への付け届けが問題になり、それによって患者の治療に差がつけられるの

ではなどといわれたけれど、最近はこうなっているのかと、病院側のきっぱりとした態度に好感を持ったのだ。

ところがつい最近、私の知人女性が全身麻酔の手術をする事態になった。病院を紹介してくれた人には、

「担当医や看護師には、ちゃんとお金やお菓子を渡しておいたほうがいいわよ」

と言われていた。知人女性はお産以外に入院経験はないので、分かったと返事をしたものの、どれくらい包んでいいか分からず、とりあえず五万円を封筒に入れておいた。医師が巡回に来たときに、おずおずと封筒を差し出すと、彼は「ああ、どうも」と当然のように持っていった。箱入りのお菓子も看護師が喜んで持っていったというのだ。

無事退院した彼女からその話を聞いた私は、

「それじゃ私が見た、しつこいまでのかたくなな付け届け不要宣言って、全ての病院の見解じゃなかったの」

とびっくりしてしまった。ちなみに私が目撃した病院は東京都下、知人女性が入院していたのは、都心の病院である。付け届け不要に類する文言を病院内で見たかと彼女に聞いても、そんなものはなかったという。これは地域差なのか、病院の方針によるものなのかは分からないが、現在も間違いなく付け届けは存在していたのである。

旅館で仲居さんに心付けを渡すと、旅館名で領収書をくれたりしたけれど、先生に渡したお金は彼らのポケットマネーとして処理されるのだろうか。それによって治療に差が出ることはないと信じたいが、私はいまだに続いている病院の付け届けに関して、とても興味が湧いてきたのであった。

反面教師

先日、和装肌着を直すために、綿のテープを買いに、ショッピングセンターの中にある衣類も扱う手芸店に行った。隅にあったのを見つけてレジに向かうと、七十代後半に見える女性二人が、レジのところにいた。

レジのカウンターには、グレー地にピンクのチェックと、クリーム色の地にピンクや紫の花模様の、二枚のパジャマが置かれていた。一人がそれをレジのところで、

「どっちがいいかな」

とずーっと悩んでいるのである。レジ係の若い女性店員はとても優しく応対していて、

「こちらのほうがお似合いでは」

とクリーム色のほうを指さした。するとその人は、

「そうね、そうよね。こっちはどうかしら」

と近くのハンガーに掛けてあった、新しいパジャマを持ってきて、またレジのカウンターに置いた。ちらりと私のほうを見たので、待っている人間がいるのも分かっている。長くなりそうだと思いながら、私は目の前の光景を眺めていた。するともう一

人が、

「私はこれにする」

と布製のバッグをカウンターに放った。そして、

「あんた、やっぱりこっちよ」

と悩む友人に、クリーム色を勧めた。

「そうねえ、やっぱりこっちか。じゃあ、こっちにしよう」

と財布を開けた。四八六〇円と言われると、

「売り上げがあがってよかったね。助かるでしょ」

などと言っている。店員さんは、

「はい、ありがたいです」

と笑っている。するともう一人は、布製の帽子をわしづかみにして、

「バッグはやめてこっちにする」

とカウンターに放り投げた。物の取り扱いがぞんざいなのがとても気になった。二人にあれこれ言われても、店員さんはにこにこしている。そしてやっと会計が終わると、

「こういう店で値段の安い物を買われると、うっとうしいでしょ。あたしたちみたいに、どんと払ってくれる客はありがたいわよね」

などと恩に着せるのだ。

「ありがとうございます」

店員さんは頭を下げて立派なのである。

私もこれから年をとるので、外に出ると年上の方々の行動を観察している。残念ながら目につくのは反面教師の例が多く、こういう人になりたいと憧《あこが》れるケースは少ない。しかしどちらにせよ、高齢者予備軍としては、何かしらを学べるのは事実である。

二人が去った後、

「大変お待たせいたしました」

と店員さんは丁寧に私にわびてくれた。私は複雑な気持ちになりながら、手の中に握りしめてじっとりしている綿テープと二一六円を、彼女にそっと渡したのであった。

先輩

知り合いの女性から聞いた話である。彼女の友達の、性格が優しい息子さんは大学三年生で、どこの大学でもするように、所属している部の新入生歓迎コンパに参加した。時間がたつうちに、先輩の一人が泥酔して、彼にしつこく絡んできた。「飲め、飲め」と飲酒を勧め、ほとんど飲めない彼は、「すみません。僕はだめなんです」とやんわりと断り続けた。周囲にいた学生たちも、「本当にこいつは飲めないので」と先輩の行為をやめさせようとすると、それが気に入らなかったのか、先輩は突然、ビール瓶を彼の口の中に勢いよく突っ込み、彼の前歯を折ってしまった。先輩の暴挙に学生たちが静まり返ったなか、被害者の彼は文句も言わず抵抗もせず、そのままの姿で何もなかったかのようにしていた。するとその先輩はむっとして席を離れ、知らんぷりをして飲んでいたというのだ。

話を聞いた私は、

「それって、傷害事件なんじゃないの。ひどすぎる」

と怒った。

「コンパ以来、先輩は彼の姿を見ると、逃げるようになったんですって」

「逃げるってどういうこと？　きっちり親と話をつけないとだめでしょう」

「それがねえ、部活の先輩については、他にもいろいろと問題があるのよ」

彼女は顔を曇らせた。

被害を被った彼が、二週間、海外に短期留学することが決まり、その時期が先輩たち四年生の卒業式と重なってしまった。私からすれば、個人の事情だし、何の問題もないのではないかと思うのだが、部活動をしていると、そう簡単にはいかないようだ。

まず部活担当の教授、部長、副部長、四年生の先輩全員に事情を説明した。みな了承してくれたつもりだったのに、歯を折った人とは別の先輩が「そんな話は聞いてない」と怒り出し、自分たちが卒業するときに、留学するとは何事だと大騒ぎし始めた。そして部員全員で集まり、その前で彼に落とし前をつけさせると息巻いているという。それを聞いた彼が先輩に電話をして謝っても、ろくに相手もしてくれなかった。

仕方なく先輩に指定された日時に、部室に行くと部員たちが困った顔をして集まっていた。ところがいつまでたっても先輩は姿を見せず、連絡も取れないので二時間後、解散になった。この先輩も最初からそうするつもりだったのか、良心がとがめたのかは分からないが、騒ぐだけ騒いで逃げたのである。

私は再び怒ったのだが、一番驚いたのは、彼の歯を折ったり、因縁をつけてきた先輩たちが、二人とも女子学生だったことである。おまけに専攻は福祉。どんな場所にも問題のある人はいるし、その人なりに反省もするのだろうけれど、彼女たちが社会に出て、ちゃんと仕事ができるのだろうかと、私は心配になってきたのである。

学校

小学生の子供を持つ、年下の知人に久しぶりに会ったら、

「ひどすぎる」

と怒っている。何がひどいのかと聞いたら、娘が通っている公立小学校の、同級生の親たちの感覚が理解できないというのだ。

彼女の話によると親のなかに、学校を休ませることに対して、何の抵抗もない人が多いのだそうだ。

「私が子どもの頃は、学校を休むなんて、大事《おおごと》だったんですけどねえ」

彼女よりもひとまわり年上の私もそうだった。学校を休むのは風邪をひいたり、お腹をこわしたりといった自分の病気か、やむをえない家庭の事情しかなかった。しかし今は、遊びのために子供を休ませるというのだ。

私はあまり詳しく知らないのだが、ポイントカードのマイレージプログラムを使って、マイルが溜《た》まるというシステムは知っている。ある程度それが溜まると、旅行や遊びの際に使えるのも理解している。それを消化するには期限が設けられていて、その期間内に使わないと権利が消滅するらしい。そうなるとそういった親たちは、その

マイルを消化するために、子供に学校を休ませ、大型遊園地や海外に遊びに行くのだそうだ。

「信じられます？　子どものときに大事なことは、健康だったら毎日、学校に通うことだと思うんですけど」

　彼女は憤慨していた。たしかに私もテレビのニュースなどで、平日の遊園地での家族インタビューを見て、子供がその場にいるのを不思議に思っていた。だいたい見かけるのは、母親と子供である。インタビューアーに、「今日は学校はどうしたの」と聞かれて、子供が「休み」とこたえていたので、たまたま平日が休みになった小学校もあるのかと思っていた。しかし親の都合で、学校よりも遊びを優先していると知って、へえと驚いたのだった。

　たしかに小学生当時の自分を振り返ると、積極的に学校には行きたくなかった。何とか具合が悪くならないか、仮病を使って休めないかと考えたものだった。しかしぐずぐず言っていると、親に尻《しり》を叩《たた》かれて家を追い出された。風邪をひいて休まなくてはならない状態になると、親がいたわってくれて、バナナを食べさせてくれたりするので、肉体的にはつらい半面、うれしかった覚えがある。しかしそれはやむを得ない事情であり、親の都合、それも遊びのために学校を休ませるなんて、そんな家庭は皆無だったと思う。

しかし現実を教えてもらって、親の意識の違いにあきれるばかりだった。そんなとき担任の先生は、どのように対処しているのだろうか。親にきちんと注意するのか、それとも見て見ないふりなのか。モンスターペアレントも、クラスには必ずいるようだし、勉強や学校をないがしろにされている状況に、私は先生に深く同情したのだった。

スマホの機能

先日、七歳年下の友だちと話をしていたら、ガラケーをやめて、スマホを買ったという。彼女は私が携帯電話を持っていないのを知っていて、これまでは「必要がないんだったら、いいんじゃないの」といっていた。ところが自分がスマートフォンに買い替えたとたん、

「スマホ、買った方がいいわよ」

とお勧めに転じたのである。

彼女は半年ほど前に、入院して手術を受けた。幸い一週間ほどで退院でき、今は元気で過ごしているのだが、いつまでも健康ではいられないと、つくづく感じたという。

「仕事で会う人にいろいろと話を聞いたら、スマホだったら、どこからでもタクシーが呼べるっていうの」

と興奮しているのだ。私が、「へええ、すごいねえ」といったら、彼女は早速バッグからスマホを取り出した。タクシーを呼ぶためのアイコンをタップすると、そのアプリと契約した付近を走っているタクシーが、現場に来てくれるというのである。画面には近所を走っている、三台のちっこいタクシーが、ちょこまかと地図の上を走っ

ていて、まるで昔のゲーム画面を見ているかのようだった。

「すごいねえ」と私はもう一度つぶやいて、彼女が差し出した画面をじっと眺めた。

「だから道を歩いていて、突然、気分が悪くなったとしても、すぐにタクシーが来てくれるの。これがあれば安心でしょう」

彼女は水戸黄門《みとこうもん》の印籠《いんろう》を出す格《かく》さんのように、私の前にスマホを突き出した。私は「ははあ」とひれ伏すしかない。目覚まし、ナビゲーション、音声通訳、音楽ダウンロード、ビデオ通話など、スマホの機能に驚いていたのに、ここまできたのかと感心した。

しかし気分が悪くなったといっても、それはまだ体調に余裕のある話である。意識を失うような深刻な状態だったら、スマホを取り出して画面にタッチすることすら、できないのではないだろうか。と私が質問すると、彼女は、「そういうときはもちろん自分は何もできないが、まだ余力が残っている段階での対処のためにスマホを持っているのだ」といった。それはそうであろう。友だちは、還暦を過ぎた私に、

「いつ何があるかわからないんだから、LINEや他の機能は使わなくていいから、これだけは持っていた方がいいわよ」

とお勧めの機種まで指定してくれた。

入院を経験した彼女は、今後その機能を使う可能性があるので、便利なアイテムと

して使っているのだろう。たしかに何かあったときには安心だけれど、私はまだ必要とは感じていない。もしも彼女がいうようなことが出先で起きたら、自力は諦《あきら》めて周囲の人におすがりするつもりでいる。無視されて路上に放置されたら、それはそれで仕方がないと諦める。体力に自信があるわけでもないけれど、残念ながらそれだけのために、スマホを購入する気にはならなかったのだった。

保育所

最近、保育所に関するニュースを多く耳にする。待機児童が一向に減らないとか、保育所を建てようとしても、周囲の住民から反対があったとか、待機児童改善とはほど遠い内容のものばかりである。

私が住んでいる近所には、保育所が三か所にある。大きな幹線道路沿い、一方通行の交通量の多い狭い道路沿い、そして鉄道のガード下である。一方通行の交通量の多い道路沿いに保育所ができたとき、どうしてこんな危険な場所につくるのだろうかと、首をかしげていたのだが、こういうところでないと、保育所がつくれないと気がついたのだ。

静かで環境も良い住宅地だと、周囲から反対されるのかもしれない。そこは五十メートルほど歩けば、小さな公園があるので、天気の良い日には、子どもたちはそこで遊んでいる。交通量が多くても、幸いにも子どもたちが交通事故に巻き込まれたという話も聞かないし、迎えに来た親たちが、道路でだらだらと立ち話をしている姿も見たことがない。

幹線道路沿いも、ガード下も、子どもたちが大声を出してもどこからもクレームは出ない。一方通行の道路沿いの保育所も、ビルの一階にあり、上の階には医療関係の会社が入っていて住人はいない。窓を開けていない限り、子どもたちの声は聞こえず、防音対策もきちんとなされているようだ。

しかし以前は、保育士さんたちが十人ほどの子どもたちを連れて、近所を散歩しながら、みんなで歌を歌っていたのに、あるときからぱたっと歌声が聞こえなくなった。子どもたちも歌を歌いながら歩くのは楽しいだろうから、自発的に保育所側がやめたとは考えにくい。子どもたちは付近の住宅地の路地も散歩するので、うるさいとクレームがあって、やめざるをえなくなったのだろう。たしかに声は大きかったけれど、家の前でずっと歌い続けているわけでもなし、たかだか一日に何分かのことですら、我慢できなかったのかと、文句をいったであろう人にいいたくなった。

私は子どもとネコがいたら、ネコのほうには声をかけるけれど、子どもには向こうから声をかけてこない限り、声をかけない。子どもが好きか嫌いかと聞かれたら、私は嫌いなほうだ。赤ん坊を見てもかわいいとは感じるけれど、抱っこしたくはないし、子どもに対しても積極的に接触しようとは思わない。若いころはもっと嫌いだった。なので子どもの声がうるさいと感じる人の気持ちはよく分かる。あの甲高い叫び声を聞いて、頭が痛くなるのも分かる。でも全てを頑《かたく》なに排除して、自分の環境を守ろうとするのは、違うような気がしてならない。

保育所建設は、自分の好き嫌いで判断するものではないのではないか。みんな子どものときには、人口密度が低い地域で育ったとしても、大なり小なり周囲に迷惑をかけたはずなのだ。社会生活のなかで、大人がもう少し気持ちに余裕を持てればいいのにと思う。

丈詰め

私は背が低いので、洋服を購入すると、どこかしら直さなくてはならない。つい先日、スカンツを買った。最初、スカンツと聞いて、

「スカンクの間違いじゃないのか」

と思ったのだが、スカンツとは丈の長いスカートとパンツが合体したデザインの、最近の造語だと知った。

丈の長いスカートも悪くはないのだが、外出する場所によっては、想像以上にビル風や地下鉄の駅の風が強く、外出するときは、ほとんどパンツスタイルになってしまった。しかしそれだと、カジュアルすぎる場合もある。その点、柔らかい素材で強風でも絶対にまくれ上がらないスカンツは、活動的で女性らしい部分もあるので、通販でサイズを確認して購入した。

家で試着してみると、丈がくるぶしのところまであった。長いのは承知のうえである。その丈ではいている若い女性もいるが、私には長く感じたので、八センチ短くしてもらおうと、いつもお直しをしてもらう店に持って行った。そこではアジア系外国人のお姉さんたちが働いていて、とても仕事が丁寧なのである。

私が八センチの丈詰めを頼むと、初めて応対してくれた外国人の女性が、

「八センチ？　フフッ」

と笑った。私はその「フフッ」に対して、むっとした。このバランスでちょうどいいはずなのに、八センチも直すなんて、よっぽど短足なのね、と思ったのだろうと、短足の私はひがんだのだが、彼女にはそんな意識もなく、ただフレンドリーな気持ちを表現しただけだったのかも、とも考えた。

そのとき私と同じ短足仲間の男性の体験談を思い出した。スーツを仕立て、それを受け取りに店に出向いたところ、確認のために女性店員が、ズボンの股下《またした》丈をメジャーで測ったとたん、さっと顔色が変わった。

「もう一度、測らせていただきます」

そして何度もメジャーで測って腑《ふ》に落ちない顔をし、仕立て伝票を何度も見た揚げ句、

「お待たせいたしました」

と丁寧に箱に入れて、手渡してくれたというのだ。

「あまりに股下が短いので、間違えたと思ったんですよ。家に帰ってはいてみたら、ぴったりだったんですけどね」

彼は苦笑していた。私もそれを聞いて、あははと笑ったのだが、短足にとっては胸

にぐさっとくる事態が私にも起こったわけである。スカートだったら、八センチ丈を短くしても何とも思わないのに、股割れ状態のパンツ系デザインだと、短足問題が露呈するのが恥ずかしい。

そして四日後にお直しは上がってきた。とてもきれいに仕上げられていて、私は満足してそのスカンツをはいているのだが、そのたびに、あの「フフッ」の意味は何だったのか、気になって仕方がないのである。

上から目線

　ここ何年か、「上から目線」という言葉をよく聞くようになった。私はそれを、同級生、同僚、後輩など、当人の立場から見て、同等か下の人から、偉そうな発言をされることと理解していたのだが、最近、あれっと首をかしげる話を聞いた。

　子どもが小学校に通っている女性が、「本当に頭にきちゃう」と怒っている。どうしたのかと聞いたら、義父がやたらと食生活に口を出してくるという。夫の実家は電車で二十分ほどの距離にある。義父母が初孫である子どもに会いたがるので、毎週末は夫の実家で過ごすのが決まりになっていた。

　あるとき義父母と彼女の家族とで、義母手作りの昼食を食べていたら、義父が、

「最近はどんなものを食べてるんだ」

と彼女に聞いてきた。子どもがファミリーレストランが好きなので、週に三、四回はそこで食事をしていると話したら、彼は、

「どうして家で作らないんだ。子どもに外食の癖をつけさせると、ろくなことがない。あんたはずっと家にいるんだから、ちゃんと子どもに手作りのご飯を食べさせろ」

と怒ったというのだ。彼は長年、調理の仕事をしていて、食べるものにとてもうる

さい。孫が赤ん坊のときは何も言わなかったのに、成長するにつれて、「いったいどんなものを作って、食べさせているのか」としつこく聞くようになったという。彼としては孫の食生活が気になっているのだろうが、料理担当の彼女としては、とても迷惑なのだそうだ。お義父さんは、孫かわいさで口を出したのだろうし、彼女の立場を考えれば、作るのが面倒くさい日もあるだろうから、外食は楽なのだ。

彼女は義父と顔を合わせるたびに、一週間の食事の内容をチェックされる。

「上から目線で言ってくるから、本当に腹が立つんですよ」

それを聞いた私が、

「お義父さんはあなたよりも、ずっと年上なんだし、気になって忠告するんでしょう」

と言っても、

「でもとても偉そうなんです」

と顔をしかめた。

彼女が不愉快になったのは気の毒だが、年上の人、ましてや義父に偉そうにされても、それは仕方がないような気がするが、彼女はそうではなかった。お義父さんの発言に、頭ごなしに叱りつけられた印象を持ったのかもしれないけれど、それは「上から目線」とは違うような気がする。息子の妻に対して、上からではなく「下から目線」で話をしないと、相手は腹を立ててしまう。また、いったん心に納めて、少しでもわが身を反省するきっかけにしようとする気持ちは彼女にはない。自分に対してあれこれ言われるのが嫌なのだ。私はどっちもどっちと思いながら、まあ、うまくやってくれと、心の中で彼女に向かってつぶやいたのだった。

英語

二〇二〇年の東京オリンピック、パラリンピックに向けての意味もあるのか、子どもたちへの英語教育が盛んになっているようだ。私は四十年以上前、英語は最低限しか話せないが、相手が言っていることはかろうじて理解できるという状態で、アメリカのニュージャージー州に三カ月滞在していた。現地の人とのコミュニケーションのほとんどを、ジェスチャーに頼る日々だった。ある日、宿泊していたホテルの主人に、

「好きなお菓子は何か」と聞かれて、胸を張って、

「シュークリーム」

と答えたら大笑いされ、

「きっときみが言ったそのお菓子は、こちらではクリームパフというもので、シュークリームだと、その通りに靴クリームという意味になるよ」

と教えてもらった。日本で当たり前のように言っていた「シュークリーム」が、英語圏では別の意味になると、初めて知ったのだった。こんなひどい状態だったが、耳だけは慣れたようで、帰国してから以前よりは英語が話せるようになった気がしたが、明らかな勘違いで、今はまったくお手上げである。

以前、男女共、偏差値の高い大学を卒業した若い編集者と海外に取材に行った。女性のほうは英語を駆使して楽しげに過ごしていたが、問題は男性だった。海の近くだったので、「これから浜辺に行くんだったら、そこで履く靴を買ったほうがいいよ」と、ホテルの前で話した。すると彼は、うなずいた後、もじもじしてその場にとどまっている。

「どうしたの」と尋ねたら、「どうやって買っていいのか分からない」というのだ。私は驚いて、

「目の前にずらっと店が並んでいるんだから、そこでマリンシューズとか、ウオーターシューズとかいえばいいいんじゃないの」

といったら、マリングッズを売っている店に入っていった。そしてしばらくして、

「買えました」

とうれしそうに帰ってきた。私には絶対分からない、難しい英語の試験問題を解いて大学に入学しただろうに、なぜ外国で靴の一足も買えないのかと、首をかしげたのである。

英語がほとんどできなくても、私は三カ月外国で生活して帰国できた。ごく普通の生活をしていただけだが、楽しんで無事に帰ってこられたのだから、それで十分である。私には語学力はなかったが、見知らぬ外国人の前で、恥を恐れずジェスチャーで

伝えようとする度胸だけはあった。

英語がある程度話せる人は、完璧《かんぺき》な英語を話さないと恥ずかしいと考えてしまうのだろう。その点、もともと英語ができないと、そんな高度な恥の感覚などないので、ただ相手に伝えようとそれだけを考える。子どものころから英語を学ばせて、その結果、話せないより話せたほうがいいけれど、基本は当人のコミュニケーション能力があるかないかの問題だと、実体験からそう思うのである。

マスク

春は花粉症でマスクをする人が多い。秋冬も今はインフルエンザが夏の終わりや秋口にはやったりするので、予防のためにマスクをしている人が多いのだろうと思っていた。しかし最近は、汗をかく真夏でもマスクをしている、マスク女子を多く見かけた。クーラーが効いているので、喉《のど》を守っているのかなと見ていたのだが、友達が、

「あれは予防でも体調が悪いわけでもないのよ。自分をかわいらしく見せるために、マスクをしてるんだって」

と教えてくれた。かわいらしく見せるためって、いったいどういうことなのかとよく聞いてみたら、若い女性は、

「顔の下半分を隠すとかわいくなる」

と考えているそうなのだ。

確かに顔というのは全体の印象だから、目鼻立ちだけではなく、口元の印象も大きい。今は化粧品の効果や、女性たちの化粧技術の向上によって、

「あなた、どなたですか」

と言いたくなるくらい、素顔と化粧をした顔が変わる人も多い。顔の上半分は、自

分のお小遣いで買える化粧品や、つけまつげ、まぶたを二重にするテープ、カラーコンタクトのような道具で、瞳《ひとみ》の色も目の大きさも、いくらでも修正が可能だが、下半分を修正するのは自力ではとても難しい。口紅の色を替えて印象を変えることはできるが、歯並びや骨格まではとうてい無理だ。

自分の歯並びが気になったら歯列矯正が必要だろうし、骨格を削りたいという人は、美容関係の手術も必要になるだろう。簡単には手は出せないということで、女子たちは顔の上半分を重点的に修正して美しく整え、ほとんど修正不可能な下半分は、マスクで覆い隠すという術《すべ》を駆使しているというわけなのだった。

そういったマスク女子を見て、私は美人だと感じた覚えがない。とにかくまずマスクに目がいってしまい、「健康」のほうに意識がいき、「美」のほうには考えが及ばない。顔面の「美」というのはやはり全体のバランスだから、上半分、下半分には分けられない。

「そうなのよ。マスクしたって大して変わるわけないのよ。だいたい、ずーっとつけ続けているわけじゃないんだもの」

友達も同意してくれた。

マスク女子たちは友達とお茶を飲み、食事をするだろう。彼氏とデートもするだろう。飲食のときは友達、彼の前でマスクを取るのではないだろうか。となると、きれい、かわいいと思ってもらいたいのは、親しい人ではなく、不特定多数の人たちに対して、ということなのだろうか。私は若いころ、世の中の多くの人はどうでもいいけど、好きな男性だけには良い印象を持ってもらいたいと思っていた。しかしマスク女子はそうではないらしい。彼女たちの複雑な思いは、おばちゃんの私には理解できないのだった。

クレジットカード

三カ月ほど前、インターネット通販で本を買おうとしたら、登録してあるカードが使えないと表示が出た。変だなと思いつつ、別の店で購入しようとしても、同じ表示が出る。それが三日間続いたので、カード会社に電話をしてみた。

会社の人はとても丁寧に応対してくださり、

「実はお客さまのカードに不正な使用と思われる件がありましたので、カードの使用を停止しました」

と言われた。びっくりして話を聞くと、私は日中、インターネットで買い物をするが、そのときは深夜に四万円のカメラを買おうとしていたので、会社の方で使用を停止したのだそうだ。

私は知らなかったのだが、カードが不正使用されないように、カード会社には一日中、利用状況をチェックしている人たちがいる。カード利用者の通常の買い物とは違うパターンのとき、停止するという。もしそういった部署がなかったら、悪いやつが私のカードで、まんまとカメラを購入していたわけだ。

「ありがとうございました」

私が礼を言うと、不正使用されたカードは破棄し、新しいカードを送るとの話だった。私はよかったとほっとしたと同時に、どこのどいつがカードの番号を入手したのかと、気持ち悪くなった。ニュースではカード情報が流出したとか、不正使用の話を耳にするが、未遂で済んだとはいえ、何ともいえない、嫌な感じがずっと続いていた。

まさか自分がそういう目に遭うとは想像もしていなかった。たしかに何年も前にこのカード会社から、情報が流出した事件があった。そのときも自分には関係ないと思っていたのである。しかししばらくたって、こんなことになってしまった。その後も私が以前買い物をした店から、カード情報が流出したと、ニュースになっていた。しかしそれは破棄したカードでの買い物だったので、実害はありえないのだが、カードでのトラブルが続いて、使うのが怖くなってきた。

だいたいカードがなくても、生活はできたのである。使うのはただ便利というそれだけの理由だ。使うとポイントがたまって商品と交換できたり、ポイントを支払いの一部として使える特典もあるので、現金で支払うよりも得だという人もいる。それはそうなのだが、そこまでいくには、相当、カードで買い物をしなくてはならず、面倒な事件に巻き込まれるリスクを考えると、多少なりともわが身が関係した経験から、カードの支払いは控えたくなった。全て一括で支払っているので、現金でも私にとって問題はないのだ。

新しいカードも、いつ情報を盗まれるか分からない。いくら会社が懸命に親切に対応してくれているにしても、不安は払拭《ふっしょく》できない。前から考えてはいたが、この一件をきっかけに、私は今後、いつもにこにこ現金払いに戻ろうと決心したのである。

靴と鞄《かばん》

昔は中年以降の男性のファッションはひどいといわれていた。

「通勤時はスーツにネクタイで格好がついているが、普段着になると想像を絶するコーディネートをする」

と悪評ふんぷんだったが、私が見る限り、以前よりは服装に気をつけている人が多くなった。奥さんや娘さんから、やいのやいのと言われたのかもしれないが、みなさんきれいな格好をしている。しかし問題なのは靴と鞄である。男性が身に着けるものに気を遣っているかそうでないか、それらの状態を見るとひと目で分かってしまうのだ。

先日、電車に乗ったら、私の目の前に七十歳くらいの男性が座っていた。彼は深緑色のブルゾンに紺色のパンツ、襟元にオレンジ色のマフラーを巻いていた。あの色をマフラーに選ぶなんて、なかなかお洒落《しやれ》だなと思いつつ、視線を足元に向けた私は、「あれ?・」と首をかしげた。彼のくるぶしから上とは想像もできない、くたびれ果てたスニーカーを履いていたからだった。もとは白だったのかベージュだったのか分からない色で、晴れた日なのに泥汚れがこびりついて、グレーのまだらになっている。

スニーカーはきれいすぎるのも格好悪いが、汚すぎるのも問題だ。しかし彼だけではなく、靴に難ありの男性は多い。

また男性の持っている鞄で気になるのが、ショルダーベルトの処理である。男性の鞄で手提げとショルダーと両用できるように、ショルダー用のベルトが付いているものがある。そのベルトを取り外している人もいるが、ベルトを付けたまま、ずるずると地べたに引きずって歩いている人を何人も見かけた。私はそれがたまらなくいやなのである。

どうして引きずっているのに気がつかないのか。ベルトを付けたままにしているのは、荷物を入れて重くなったときに、手提げからショルダーにすぐに替えられるようにするためかもしれないけれど、私は、

「ちょっとあなた、汚らしいしだらしがないから、ベルトを短くしなさい」

彼らの身内でも何でもないのに、駆け寄って文句を言いたくなってしまうのだ。自分の足元をずるずると引きずっているのに気がつかないのが、鈍感すぎて信じられない。地べたには雑多なものが付着しているし、ベルトを引きずって歩き続けられるわけでもなく、荷物が増えたらそのベルトを手に取って肩にかける。とっても不潔である。ベルトは使わないときは鞄の中に入れておくとか、地べたに引きずらないように短くしておくとか、考えたりはしないのだろうか。

服装はちゃんとしていても、そういった彼らの根本的なだらしなさが露呈した場面を目にすると、本当にがっかりする。男性は特別、お洒落でなくてもいいから、靴や鞄に気を配ってもらいたいなあと、心からお願いする次第である。

ご長寿さん

私の小唄《こうた》の師匠は今年、九十三歳のご長寿さんで、現役で後進の指導にあたっていらっしゃる。彼女の話を聞いていると、いわゆる常識といわれている事柄の正反対の行動をとっているのに、彼女には悪い影響が出ていないのに驚く。

先生は肌がとてもきれいで、つるつるだ。芸者さんだったので、素人《しろうと》とは違う手入れ法もあるのだろうが、それにしても皺《しわ》もほとんど目立たず、福々しいのである。

「何か秘訣《ひけつ》があるんですか」

と聞いた私に、

「そうねえ、昔、お座敷に出ているときは、決められた化粧法があったけれど、今は特にやってないなあ。でも毎晩、お風呂《ふろ》に入った後に、化粧はするけどね」

と先生はいった。

「はっ、寝る前に化粧ですか？」

私は首をかしげた。肌に負担がかかるので、寝る前に化粧はきれいに落とせといわれてきたし、美容関係の本にも書いてある。先生は夜、入浴して顔を洗い、化粧をして寝る。そして朝、起きて風呂に入り、顔を洗ってまた化粧をするというのだ。

「ずーっとそうやってきたから、習慣になってるわね」

何十年もそれを続けてきて、肌に悪いのなら、相当、ひどい状態になっていそうだが、先生の肌はそうではないのだ。

別のご長寿さんの話だが、知り合いのおばあさんは九十八歳で亡くなられたけれど、直前まで元気で働いていたという。みかんと梅の農家で、日中は体を動かし、夜もぼーっとしていることはなく、毎日、できる範囲で何かしら体を動かしていた。

そんなおばあさんは、野菜が嫌いでほとんど食べなかった。好物は炭水化物の餅《もち》、ご飯の類《たぐ》いで、特に茶粥《ちゃがゆ》が好きで、ご飯をおかずに茶粥を食べるような食生活だったらしい。おまけに肉の脂身も大好きで食べていた。これも現在いわれている健康情報の真逆の食生活である。野菜は不足しているし、栄養も極端に偏っている。なのに九十八歳まで元気で暮らせたのだ。

こういう話を聞くと、ちまたの「これが肌や体に良い」といった数々の美容、健康情報って、いったい何なんだろうと思う。正反対のことをやっても、お二人のように問題がない人がいる。また情報に従って酒もたばこものまず、体に良いといわれる事柄を積極的に実践しても、長寿につながらない人も多い。

いったいどうしてそうなるのかと私なりに考えてみたが、ご長寿さんは何をやっても寿命には関係なく、もともと長寿につながるＤＮＡを持っているのではないだろうか。また雑多な情報に惑わされず、堂々と自信を持ってわが道を行ったのも精神衛生上よかったのかもしれない。ともかくご長寿さんは、努力してなれるものではなく、選ばれた人たちに違いないと、私は結論を出したのである。

衣食住

「衣食住」という言葉があるが、私の若い頃は、生活での重要な順番は、衣食を分けた「食衣住」だった。「食」が一番なのは、子どもの頃に親から、唯一の家訓である、「ちゃんとした食事をしていれば、死んだときも顔色がいい」をたたきこまれたせいである。買い食いも厳しく管理されて、駄菓子屋に行くときも親が同伴しないと許してもらえなかった。料理好きな母親は普段の食事はもちろん、おやつまで全て手作りだったが、正直、私は市販のお菓子を食べたかった記憶がある。

私は母親のように料理が好きでもないし、得意でもないけれど、自分が納得した食材のものを食べたいとは思っているので、毎日、自炊をしている。なので優先順位が「食」なのはずっと変わらない。ところが還暦を過ぎてからは、「衣」と「住」が入れ替わってきて、優先順位が「食住衣」になってきた。昔は住む場所に関して、いちおう環境面で希望する条件をクリアしていれば、建物の外見も気にしないし、部屋が狭くても築年数が古くてもよかった。それよりも着る物への関心のほうがずっと強かったのだ。

ここ何年かで、これから先のことを考え、まだ体力があるうちにと所有物を捨て続けているのだが、一昨年《おととし》の冬にトラック一台分の不用品を処分しても、まだ物があるのにうんざりしている。処分した当初は、ずいぶんすっきりしたとうれしかったのだが、目が慣れてくるとまだまだ物が多い。押し入れや天袋に突っ込んでいて、ないことにしていた品々。面倒くさがって連絡を怠っていた粗大ゴミの数々を処分したにもかかわらず、やたらと不用な物が目について仕方がない。まだそういう意識があれば、ゴミ屋敷にはならないだろうと自分に甘く考えているが、それらを家から出さなければ何にもならないのだ。

「食住衣」の順番のとおり、一番処分しやすいのが洋服で、着用が難しくなった物を捨てて、その分を買い足さずにいたり、似たようなデザインや色の物の数を減らしていたら、喪服、肌着、靴下を除いて、一年分の服は四十三枚になった。私には通勤がないので、こまめに洗濯していれば、いつも同じ服装でも大丈夫だし、服に関しては納得している。まだ減らせると思う。

しかし減らそうとしても本は増え続け、和裁をしたときの端切れやら、編み物のための毛糸など、趣味のものも減らすのは難しい。

きちんとインテリアを考え、見苦しくなく収納できる家具を買おうかと思うのだが、それをするとまた大物が増える。とにかく減らす方向に持っていこうとしているけれど、気持ちが揺れてうまくいかないのである。

理想としては広くなくてもいいから、簡素な部屋で仕事をし、趣味も楽しみつつ、すっきりと老後を歩んでいきたい。しかし現実は限りなく出てくる所有品の選別、ゴミ袋詰めに追われる毎日なのである。

同い年

私より少し年上の友だちが、先日、小学校六年生のときのクラス会に行ったときの話である。みんなで集まろうと声をかける人もおらず、その前にクラス会が開かれたのは、三十年以上前だった。久しぶりにみんなと会えると、彼女は楽しみに会場の飲食店に出向いた。その店は畳敷きの大広間が幾つもあり、たまたま会が重なったらしく、どの部屋も客でにぎわっていた。

友だちは店のアルバイトらしき学生に小学校名を告げ、部屋はどこかと尋ねると、学生は部屋割りがよく分かっていないようで、大人数がいる部屋のふすまを開けた。

「こちらでしょうか」

友だちは部屋をのぞいてみた。

「もうちょっと年齢が下の集まりだと思うんですけれど。こちらはちょっと年齢層が高い方ばかりみたい」

すると自分の名前を呼びながら、中から一人のおじいさんがにこにこしながら近づいてきた。顔をよくよく見たら、学級委員長をしていた男の子だった。その部屋にいたのは高齢者の集団かと思ったら、自分のクラスメイトだったのである。

また彼女が夫と一緒に車で外出した際、道路沿いの喫茶店の前を掃除している老齢の男性を見かけた。その店は中学校の同級生の家で、友だちとよく遊びに行ったのである。彼女は男性の姿を見て、「ああ、彼のお父さん、まだご健在なんだわ。お元気でよかった」と思ったのだが、しばらくして、あれっと首をかしげた。あのときは確かお父さんは四十代の半ばだったし、それから五十年たっている……と計算してみると、掃除をしていた男性はその年齢よりは若い。それで初めて、掃除をしていた男性が、自分と同い年の同級生だったと分かった。彼女はそれらのダブルパンチで、

「私って本当に自分のことが分かってなかったなあって反省したわ」

とがっかりしていた。

ある年齢以上になると、同い年の人と見比べて、あの人より自分のほうが若いと思ったりするものだ。しかし相手も同じように、自分のほうが若いと思っていたりする。それを口に出すともめ事が起こるのも重々分かっているので、誰も口に出さない。それで丸く収まっているのである。ショーウインドーに映る自分の猫背の姿を見てぎょっとしたり、ぱっとしない人が歩いていると思ったらわが身だったり、みんな経験がある。老いた自分も認めている。それでも同い年の人々と比べて自分は若いとちょっとうれしくなり、ささやかな喜びを感じているのだ。黙って腹の中に収めていれば分からないのだから、それくらいいいじゃないかと思う。私は彼女に、

「みんな多かれ少なかれ、そうやってこっそり自分に甘くしているところはあるんだから、気にすることないわよ」

と慰め、二人で苦笑したのである。

座高

小中学校の健康診断での座高測定が、二〇一六年度から廃止されたそうである。

「当たり前だ」

私は声を大にして言いたくなった。廃止されるのが遅過ぎるくらいである。私は座高測定が大嫌いだった。小学校のときは何とも思わず、椅子に座らされて座高を測り、記入された数字を見ても、何とも思わなかったが、中学に入ってからはその数字が何を意味するかが分かってきた。友だち同士で結果を見せ合っているうち、

「なぜ私よりも身長が十センチ以上高い女の子と、私の座高が同じなのだろうか」

と首をかしげた。すると友だちは黙って笑っていた。そしてしばらく考えた結果、スタイルを気にする中学生にとって、座高が高いということは致命的であると分かったのである。

それから座高という言葉を聞くだけでも嫌な気持ちになった。それから背は多少伸びたけれども、脚のほうが伸びてくれればいいのに、私の場合は胴が重点的に伸びるばかりで、座高が高いのは相変わらずだった。男子は制服が当然ながらズボンなので、脚の長さがすぐ分かるけれども、女子はジャンパースカートなので、すぐには分から

ない。しかし体育の時間には運動着になるので、短足は丸分かりだ。私はそれが嫌で、とにかく小まめに動き回って、短足が目立たないようにしていた。しかしだんだん疲れてくるし、どうやったって脚が伸びるわけがないと諦《あきら》めた。性格のいい友だちは、

「脚が長いと、もつれて転ぶらしいけど、短いとそういうことはないらしいわよ」

と慰めてくれたが、「ああ、そうね」と簡単には納得できなかった。力士がするような股《また》割りをすれば、脚が伸びるかと思ったら筋がつってしまい、縮んでますます短くなるのではと怖くなってやめた。健康診断は嫌じゃなかったが、座高測定だけは嫌だった。


書く仕事を始めた若いころ、打ち合わせが終わって席を立つと、

「座っているときは背が高いのに、立つと低いんですね」

と相手に言われたりして、座高は私の悩みの種だったが、これぱかりはどうしようもなかった。

その話を他社の編集者にしたら、

「うちの編集部には、すごいのがいますから、安心してください」

と言われた。その人はあまりに胴が長いので本人もてあましているのか、いつも胴をくねらせて歩いていると評判だった。試しに見に行ったら、その通りに胴をくねらせて歩いておられた。さすがに私はそこまでいっておらず、社会人になって座高測

定がない立場になったので、座高の二文字は忘れていた。そしてこの間、測定廃止を知ったのだ。あれはコンプレックスを助長するだけで何の役にも立たない。六十年前に廃止するべきだったと、私は妙に腹が立ってきたのであった。

激辛

世の中には激辛好きの人がいる。若い女性の中には、普通の味付けでは満足できずに、一味唐辛子が入った瓶を持ち歩いて、外食するときは何でもそれをかける。一日で一瓶を空にしてしまう人もいるという。また激辛を売りにしている飲食店も多く、調理中の映像を見ると、真っ赤な唐辛子やパウダーを、びっくりするほど投入していて、まさにマグマだまりといった様相を呈しているのだが、それをおいしいといって喜んで食べる人がいるのである。私が若いころ、身近に激辛カレー愛好グループがあって、なぜそういうことをするのかと聞いたら、そのときは辛くて苦痛なのだが、それが癖になってまた食べたくなるのだという。主食はご飯かうどんかを選べ、それを完食しないと罰が下される。新参者として参加した男性に聞いたら、

「うどんを選んだのは失敗だった」

という。うどんにカレーをかけると、スープと混ざり、全体に広がって辛さからの逃げ場がない。ご飯のほうがカレーが上にあるだけなので逃げ場があり、選択を間違えたと後悔していた。私はなるほどとうなずいたのだが、そんな思いまでしてなぜ食べるのか、彼らの心理が理解できなかった。

先日、知り合いの女性が、近所の青果店でブートジョロキアを売っていて、思わず買ってしまったといっていた。中南米の渋い俳優みたいな名前だが、これはタバスコの二〇〇倍、これまで一番辛いといわれていたハバネロの十倍の辛さがあるといわれている激辛植物である。私はタバスコですらほとんど使わないので、それの二〇〇倍といったら、どれくらいの辛さなのか見当もつかない。

彼女は特に激辛好きではないが、どれくらいすごいのかと興味を持ち、試しにカレーに入れようとした。その前にどれくらい辛いのかを調べようと、輪切りにしたものをちょっと舐《な》めてみたら、ぎゃーっと叫びたくなるくらいの辛さで、これは細い輪切り一個でも入れたら大変だと入れるのをやめた。そしてそのときに、ブートジョロキアを触った手で、つい顔を触ったら、今度はその場所が赤くなり、ひりひりしてきたというのだ。

「二、三日、顔の赤みが取れませんでした」

そういっていたので、相当な刺激だったのだろう。直接ではなく間接的に触れただけなのにである。

顔面の皮膚は風、ほこり、紫外線等、さまざまなものにさらされて、耐性ができていると思われるが、それですらそんな状態になる。それを食べるなんて私にはとても恐ろしい。そのままを食べるわけではないけれど、それほど刺激のある物質が体内の粘膜を通過すると思うと、激辛に弱い私は想像するだけで胃が縮みそうだ。激辛好きの人々はとても胃腸が丈夫なのかもしれないが、うらやましいようなうらやましくないような、複雑な気持ちになるのである。

孫の手

子どものころ、友達の家に遊びに行くと、間違いなくどの家にもあったのが、孫の手である。「こんにちは」とあいさつをして家に入ると、おじいさんやおばあさんが、孫の手を首の後ろから突っ込み、背中をかきながら「いらっしゃい」と笑って迎えてくれたりした。うちには同居している祖母も祖父もいなかったが、孫の手はあった。テレビの横に置いてあり、両親が使っていた。私や弟はそれを遊び道具に使っていて、お侍や忍者のまねをして振り回しては叱られた。

子どもにも若者にも関係ない道具だが、還暦を過ぎた私には必需品になっている。冬は乾燥でかゆくなり、初夏から夏の間は、汗をかくと無性に背中がかゆくなってくる。四十代では、孫の手などを使ったら、老いを認めたようなものと、頑張って背中がかゆくても耐え続け、どうしても我慢できないと、三十センチの物差しを背中に突っ込んでかいていた。しかしそれもどんなものかと考え直し、五十代になって、孫の手を購入したのである。

材質はこれから長く使うことを考えて天然木にした。先は手の形にはなっていないが、緩やかにカーブがついている。試しにかいてみたら、当然だがカーブがない一直

線の硬い物差しよりも、はるかに使い勝手がよく、まさに、

「あー、そこ、そこ」

と言いたくなる心地よさだった。

孫の手はいつも仕事をしているノートパソコンの横に置いていて、かゆくなったらすぐ手に取れるようにしている。子どものころは、蚊に刺されたとか、あせもができたときにかゆくなったが、年齢を重ねるとそういったわけでもないのに、体がかゆくなるのが不思議でならない。加齢によってかゆみ物質が体からにじみ出てくるのだろうか。

最近の孫の手はどうなっているのかと調べてみたら、昔からあって見慣れている木や竹製のものだと、価格は一五〇〇円から二〇〇〇円くらいで、昔、各家庭に当たり前にあったことを考えると、今はそれほど安い価格ではない。安いものはプラスチックかステンレス製で、後者はかく部分が、丸みを帯びた優しい孫の手状ではなく、潮干狩りのときに使う熊手みたいな形になっていた。おまけに柄《え》がスライド式になっていて、ポケットに入る長さまで短くなるという。材質と形状からして、これで背中をかいたら流血しそうだが、評判は良く四〇〇〇円ほどで売られていた。

孫の手の名前の由来は、孫がかいてくれているような、優しい気持ちよさからきているんでしょうねと知人に話したら、

「うちの孫なんか、背中をかいてって頼んだら、幾らくれるって必ず聞くのよ。それを考えたら、一生使えて文句も言わない孫の手に、二〇〇〇円払ったほうがまし」

と言い切った。孫がいてもいなくても、ある年齢以上の人々には、生身ではなく棒状の孫の手が必要なのだと納得したのである。

将棋

最近、藤井聡太《ふじいそうた》四段（二〇一七年当時）の活躍で、将棋が注目されるようになった。私の家にも将棋盤があって、父から遊び方を教えてもらった。弟は父と将棋を指していた記憶があるが、私はもっぱら、はさみ将棋と将棋崩し専門だった。棋士の名前も、坂田三吉《さかたさんきち》、升田幸三《ますだこうぞう》、大山康晴《おおやまやすはる》、中原誠《なかはらまこと》、加藤一二三《かとうひふみ》、米長邦雄《よねながくにお》、谷川浩司《たにがわこうじ》、島朗《しまあきら》、羽生善治《はぶよしはる》の各氏くらいしか知らない。そこに今回は、藤井四段が加わった程度の知識しかないのだ。

私が子供だった昭和三十年代、夏に町内を歩くと、そこここで縁台を出して、縮《ちぢみ》のシャツにステテコ姿のおじさんたちが、足元に蚊取り線香を置き、団扇《うちわ》を手にして縁台将棋をやっていた。近所の男の子がぼーっと立って見ていると、

「おい、坊主、ここに来て一緒に見てろ」

と縁台に座らせて、説明しながら将棋を指していた。なかには見物人のおじさんと揉《も》めたりもしていたが、そんな光景はいつの間にか消えてしまった。北京《ペキン》、上海《シャンハイ》に行ったときには、そこここで縁台将棋をやっている人たちがいた。懐かしくなって見ていたら、日本と違って駒が全部丸く、おもちゃっぽい感じがするなと思ったものだっ

た。

藤井四段の連勝のニュースのおかげで、対局がテレビで報じられると、分からないながらも見ていたのだが、そのなかでびっくりしたのが、解説をしている棋士の言葉だった。とにかく私は将棋の知識がないので、漠然としたことしか書けないのだが、連勝記録に迫っていた対局のときだったと思う。画面に映し出された盤面の中央に駒があり、その両側が空いていた。すると解説の棋士が、藤井四段の対戦相手が、右か左かどちらかに駒を置いたとき、その時点で勝敗が決まるといっていた。「はあ？」と驚きながら見ていたら、相手は自分が負けるといわれたほうに駒を置いてしまった。

「あっ、置いちゃった」

とまたまた驚いていたら、解説どおりにその対局は藤井四段の勝利になった。そのとき私は、棋士は何十手も先を読むとは聞いていたが、どうして勝敗が分かるのだろうかと、ただただ驚嘆してしまったのである。

私と比較することさえ棋士には失礼だが、私は盤面を見ても現状さえ理解できないのに、先を読み続けていく脳というのは、いったいどんなふうになっているのかと不思議でならない。脳の作りが凡人とはまったく違う、天才脳なのだろう。

囲碁好きの年配男性から、囲碁は女性でも上位にいけるが、将棋はなかなか難しいという話を聞いた。脳の作りが男女では違うので、囲碁のほうが女性の能力を発揮しやすいようだといっていた。若い藤井四段の活躍で、子供たちも将棋に興味を持ったことだろう。裾野《すその》が広がるのはもちろん、天才脳の女流名人がたくさん出てくるようになればいいと、私は期待しているのである。

無音

うちの近所には二か所神社があって、七月から十月の中旬まで何回か祭りが開かれる。週末の夜、太鼓の音や音楽が聞こえてくるので、

「ああ、今日はお祭りだったんだ」

と思い出すのだが、今年はお祭りの日にちが貼り出されているのは見たが、音が全然聞こえてこないので、気がつかないうちに終わっていた。ずいぶん静かだと思っていたら、最近は祭りの音がうるさいと近隣住民から苦情が出るので、大きな音は遠慮していると聞いて、びっくりしたのである。

そういえば、二十年以上前は境内でカラオケ大会もしていた。盆踊りの音楽も聞こえてきていた。昔ながらの夏から秋にかけての風物なのに、最近はそれらが騒音扱いになっているという。私の友だちも都内に住んでいるのだが、同じように近所の神社でのカラオケ大会はいつの間にかなくなり、子供が露店などで歓声を上げると、大人たちが「しーっ、静かに」と注意するのだそうだ。

私も若いころ、祭りの準備中に誰かがふざけてたたいていた、リズム感が全くない太鼓をたたき続ける音を、延々と聞かされて閉口し、祭りなんかなきゃいいのにと思

ったことはあったが、昔ながらの祭りの音は大歓迎である。しかし地域によっては、音が出ないようにしないと、祭りが開催できなくなっているようなのだ。

世の中変わったと思っていたら、先日テレビで、周囲への音の影響を配慮した、無音盆踊りを紹介していた。住宅地の空き地の中央にやぐらが設置され、提灯《ちょうちん》がぶら下がっている。そこで浴衣《ゆかた》姿のおばちゃん、子供たちが輪になって踊っている、見慣れた盆踊りの風景なのだが、完全に無音なのである。音が出ていないのに、やぐらの周囲をぐるぐると回りながら、手を上下させて踊る人々。そのシュールな光景を見て、いったいどうなっているのかと驚いていたら、踊っている人たちはみんな耳にイヤホンがついた受信機器を携帯していて、機器にFMの周波数で音楽を飛ばしているという。耳から聞こえる音に合わせて、みんなが踊っていたと知って、「へえー」といろいろな意味で感心したのである。

盆踊りというのは、夏の夜に大きめの音量で曲をかけ、みんなで踊るのが楽しいのではないだろうか。それが音響機器、送信技術の発達によって、個別に音楽を送信して踊れるようになった。三波春夫《みなみはるお》のぱーっとした明るい歌声が、こっそりと耳の中でしか聞こえないというのも妙な話である。

たしかに近所からはクレームは出ないけれど、盆踊りとはちょっと違うような気がする。渋谷の交差点で昔ながらの盆踊りが開かれたそうだが、たしかに音を出してもどこからも苦情は出ないだろう。無音盆踊りに驚いていたら、昨今は除夜の鐘ですら、うるさいと苦情をいう人がいるそうだ。日本人はいったいどうなってしまうのかと驚くばかりである。

紙

世の中の動きはペーパーレスといいながら、私はどうしても仕事上、紙が排除できない。エコロジーの観点だと、ペーパーレスのほうが望ましいのかもしれないが、パソコンの画面だけで、原稿を推敲《すいこう》できない私は、書いた原稿をA４の紙にプリントアウトして、確認してから送信するようにしている。紙を無駄にしていると、少し気がとがめるが、画面で見る文字と紙に印刷された文字とは印象が違うので、申し訳ないがそのやり方を続けている。

私が育った昭和三十年代は、まだ紙が貴重品だった。私は紙が大好きで、光沢のある赤や青などの、きれいなキャンディーの包み紙を、丁寧に皺《しわ》をのばして、紙箱に入れてためていた。二年に一度くらい、近所の店では買えないチョコレートなどをもらうと、もちろん食べられるのもうれしいが、その後、金や銀の包み紙が自分のものになるのがうれしくて、最高の気分だった。どうしてあんなものを見て、喜んでいたのか分からないけれど、当時の私には宝物だったのである。

紙は大切という感覚が残っているのか、私は裏が白い紙は絶対に捨てられない。原稿をプリントアウトする紙も両面を使うので、裏写りしない程度の厚さのものを使っている。家に届く書類も両面印刷であれば、用件が済んだらまとめて資源ごみに出すか、廃棄するしかないのだけれど、裏が白い紙はためておく。ある程度の枚数がたまると、クリップで留めてメモ用紙の予備として待機させる。そして現在、それがたまりすぎて、在庫過剰になってしまった。

メモ用紙といっても、毎日、何十枚も使うわけでもなく、メモを取るのは買い物のときに忘れないように、必要なものを書いておくとか、通販の振込先の銀行口座の番号と金額とか、テレビで放送していた簡単なレシピを書きとめるとか、その程度のものである。多くて日に二、三枚しか消費しないのに、メモ用紙は厚さが一センチほどのものが、十冊以上ある。これでは使い切れないと、書く文字を大きくしたり、用件につき一枚使ったりと、なるべく消費する方向にしているが、その間も書類は外から家の中に入ってくるので、メモ用紙は一向に減る気配がない。私が生きている間に、メモ用紙は使い切れないのではないかと心配している。

昔は各家庭に固定電話があり、電話の横には必ず筆記用具とメモ用紙が常備してあった。メモ用紙にはチラシの裏を使っていたような覚えがある。しかし今は固定電話がない家も多く、わざわざメモを取らなくても、メール、ラインの履歴を使えばよい。今の若い人たちは、私と同じく紙は貴重品といわれて育ったのだろうか。紙に対して何らかの思いとか、愛着を持っているのだろうか。私のようにみみっちくお菓子の包み紙を集めたり、裏の白い紙を集めて計算用紙に使ったりした経験はあるんだろうかと、ふと考えたのである。

共用

先日、外出前にラジオを聴いていたら、家族と何が共用できるかという話をしていた。途中で家を出たために、全部は聴けなかったのだけれど、出演者の二人、そしてリスナーが考える、家族と共用できるものがずいぶん違ったので、興味深く聴いていた。

私は独身なので、家族はいないのだが、実家で家族と住んでいたときのことを思い出すと、ごはん茶わん、湯飲み、汁わん、はしはそれぞれ気に入ったものを選んで使っていた。お客さまにはそれ用の食器やはしが用意されていた。子供の頃はかわいい柄で、自分専用の皿も決まっていた。自分の育った家でしていたことが、当たり前と考えていたのだが、ごはん茶わん、汁わん、はしも家族と共用という家もあった。欧米はマイナイフ、マイフォークというものはないが、日本では家庭内でも個人の食器やはしを決めていると思っていたので、そうなのかとびっくりした。

またタオルも一人ずつ決まったものを使う家と、全員で同じタオルを使う家があった。私の家はトイレの手ふきタオルと、私が小学校低学年のころまでは、バスタオルも共用だったような気がする。その後はそれぞれ好きな色、柄を選んで使っていた。

タオルを全て家族で共用にしている人は、その方が洗濯物の量が少なくなるので都合がいいと言っていた。たしかに四人家族でそれぞれがタオルを使うと四倍の量になる。洗濯をする人の負担を考えれば、量は少ない方がいいけれど、いくら家族とはいえ、衛生面を考えるとそれは避けたいという人もいるのだ。

バスタオルの場合、体を洗った後に使うものなので、まあ共用でもいいのではと思うのだけれど、年頃の女の子がいると、

「お父さんと共用はいやだ」

と拒否される。彼がバスタオルのどの部分で、体のどの部分を拭《ふ》いたかが大きな問題で、父が股間《こかん》を拭いた場所で、自分の顔や体を拭いたらどうしよう、ということらしい。想像するとたしかにそれはちょっと困るかもしれないが、なかには年頃の女の子がいても、それでもよしとしている家族もいるのだ。

ずいぶん前になるが、四人家族でスニーカーを共用しているという女性がいて、びっくりした。両親、彼女のお兄さんも足のサイズが同じなのかと尋ねたら、

「履ければいいので、サイズなど気にしたことがない」

と言われて、そんなおおらか過ぎる家もあるのかと、妙に新鮮な気持ちになった。

服、ネクタイ、アクセサリーの共用は、家族内で普通にあるだろう。しかし肌着やはし、歯ブラシなど、直接微妙な部分に触れるものについては、私はうーんとうなっ

てしまう。しかし気にしない家族がいても、それはそれで、仲がいいのだろうとほほえましい。一人暮らしだと、日常生活で共用という考えが全くないのだが、あらためてさまざまな家族の関係を想像できてとても面白かった。

商店街

私が今の場所に引っ越して、二十三年たつが、引っ越してきた当初は、駅前の小さな商店街に新鮮な魚を扱う鮮魚店があったり、店主一人で営んでいる、地元から直接仕入れた野菜、果物、精肉を売る店があったりと、とても充実していた。しかしその私が大好きだった鮮魚店が十年ほど前に閉店し、店主一人の店も数年前に閉店した。

二軒とも正直で感じのいい店だった。鮮魚店のお姉さんは、高齢女性が買い物に来ると、わざわざ魚が入れてあるケースの後ろから出てきて、買い物袋に魚を入れてあげていた。値段が安くなっている理由を聞かれると、きちんとお客さんに説明する。刺し身の量が多いと迷っている客には、奥で魚を捌《さば》いているお姉さんのきょうだいとお父さんが、

「ちょっと待って。新しく作ってあげる」

と声をかけたりしていた。

店主一人の店に買い物に行ったとき、店がからっぽなので店頭で待っていたら、五分ほどして店主が息をはずませて戻ってきた。近所に住んでいる独り暮らしのおばあさんのところに、野菜を届けに行っていたと恐縮していた。大量販売は見込めないし、

店主一人で経営も大変そうなのに、待たせたおわびといって、みかんを二個くれたりもした。そんな優しい心持ちの店主の店がなくなったのが残念でならない。

残念ながら駅前商店街で残っているのは、私が好きではない店ばかりである。青果店で買い物をしたとき、女性の店主が安くするからイチゴを二パック買っていけと、しきりに勧める。申し訳ないけれど一人暮らしなので食べきれないと断ると、露骨に嫌な顔をされた。店には店の事情があり、安くしても売り切りたいという気持ちがあるのだろうが、こちらにも事情があるので、それに対して機嫌を悪くされても困ってしまうのだ。

もう一軒は薬局で、旅行のときに使っていた耳栓が劣化したので買いに行った。商品名をメモして店に行くと、初老の店主が出てきた。メモを見せて、

「これと同じものはありますか」

と尋ねると、別の商品を出してきた。同じメーカーのひと回り小型のものだといったら、彼はそんな商品は作られてないという。かたくなに言い張るので、私も腹が立ってきて、

「私はそれを持っているので、作られていないなんて嘘をつかないで」

といったら、そっぽを向いて聞こえないふりをしていた。他の職種ならまだしも、薬局の店主が嘘をつくなんてひどすぎるとあきれ、それ以来、その店にも行かなくな

った。

現在の商店街の状況は、空き店舗ができると、その後に入るのは歯科医かヘアサロンばかりだ。駅周辺には歯科医が六軒、ヘアサロンが七軒ある。ないと困るけれど、そんなにたくさんはいらない。次に住む場所は、職種の偏りがなく、正直な店主が多い商店街がある町がいいと、本気で考えている。

省略英語

日本語は省略語が多い言語らしい。身近なところでは、コンビニ（コンビニエンスストア）、スマホ（スマートフォン）、パソコン（パーソナルコンピューター）、デパート（デパートメントストア）など、省略語と感じないで使っている言葉が多い。野球のセ・リーグ、パ・リーグも、それぞれ（セントラル）（パシフィック）の意味だけれども、省略しないで言う人の方が少ないだろう。

まだこの程度だと私もついていけるのだけれど、以前、パソコンのプロバイダーから電話がかかってきて、

「お宅のＯＳは何ですか」

と聞かれて、何を言われているのか意味が分からなかった。

「ＯＳって何ですか」

と尋ねた私に、相手のお姉さんが親切に、「ＷｉｎｄｏｗｓやＭａｃといったものなのですが」と教えてくれて、やっとその意味が分かったのだった。

片仮名はともかく、省略英語になるとお手上げである。ツイッターやインスタグラムといった、コミュニケーションツールが出てくるにつれ、そういった訳の分からな

い英語が増えるので、おばちゃんは追いつくのが大変なのだ。「HN」という言葉を見たとき、何だろうと首をかしげた。そしてそれが、インターネット上で本名ではなくその代わりに使う名前、ハンドルネームのことだと知って、なるほどとうなずいたのである。

こんな具合で少しずつ省略英語を覚えていたのであるが、先日、インターネットで見た若い女性の文章の中に、「化粧品店のBAさんに勧められて買ってきた」とあった。この「BAさん」が分からない。あれこれ考えているうちに、インターネットで、ある年齢から上の女性を罵《のの》るのに、「BBA」（ババア）と書いていたのを思い出した。Bの数が一つ少ないが、それに類する言葉なのだろうかとか、「さん」付けなので書き手は悪い意味で使っていないようだとか、化粧品を買いにいったので「BAさん」も女性ではと推理し、「化粧品店の婆《ばあ》さんに勧められ……」を今風に書いたのだろうと自分なりに解釈した。

ところが別の日にインターネットを見ていたら、また「BAさん」が出てきた。同じように化粧品の話である。そんなに化粧品売り場に婆さんがいるのだろうかと首をかしげながら、他の文章も読んでいたら、その「BAさん」は婆さんではなく美容部員、今は「ビューティーアドバイザー」といわれている女性のことだと書いてあった。そのような呼び名になっているとも知らず、略されて「BAさん」になっているとも知らず、六十年以上生きてきて初めて知った。きっとこれからも、訳の分からない略語がたくさん出てくるはずだ。もうおばちゃんは追いつくのは無理と、省略英語は潔く諦《あきら》めたのだった。

やっぱりおっちょこちょい

最初のこの連載のテーマは「おっちょこちょい」だった。おかげさまで連載は八年以上にわたり、当然、私は八歳年をとったわけだが、そのおっちょこちょいは全く直らなかった。今に至っても、

「そりゃあ、ないでしょうよ」

と我ながら呆《あき》れるようなさまざまなポカをしでかしている。

先日、原稿の支払明細書が届いたときのことである。封筒を破って明細書を取り出し、目に飛び込んできた数字を見て、

「わあ、こんなにもらえるんだ」

と七桁《けた》の数字を見て舞い上がったのであるが、そんな大金をいただくような仕事なんかした覚えがない。それとも私の知らないところで、何か権利的なものが発生していたのかと、もう一度冷静になってよくよく明細書を見たら、それは私の銀行口座番号だった。そして書類の下の方に五桁の数字が並んでいた。

「ああ、それはそうだよね」

と納得しながら、自分が情けなくて仕方がなかった。よくダイエットをしていて、

あまりにお菓子を制限しすぎると、黒い色の石鹸《せっけん》が羊羹《ようかん》に見えたり、建物のリフォームの現場に落ちている木っ端が、バウムクーヘンに見えたりするらしいが、私もそれと同じく、お金に執着を持っているみたいで、とても恥ずかしかった。

そしてついこの間、テレビを見ていたら、中華料理店でタレント数人が、食事をしている場面が映し出されていた。そして画面には、「大工《だいく》ビチリ」という言葉が出ていた。私は、

「大工ビチリって何だろう。今は変わった店名にするオーナーも多いから、その類《たぐ》いの店なのだろうか。それにしても大工はともかく、ビチリって何だろう」

と首をかしげていた。オーナーが元大工さんだったとか、ビチリがどこかの方言で何かを意味するものかもしれないと、画面を見ているうちに、その不思議な「大工ビチリ」が、実は大きなエビを使った名物の「大エビチリ」だったと分かって、一人でテレビの前で固まってしまった。同居人でもいれば、

「私、間違えちゃった、あははは」

と恥を笑い飛ばすこともできるが、同居しているのは老ネコ一匹である。まさかネコにこの話をするわけにもいかず、体内で膨らんでいった、情けなさと恥ずかしさを自分で処理するしかなかった。その結果、出たのは、

「かはははは」

と乾いた笑いとため息だけだった。

若いころは還暦を過ぎた人はみな大人で、何が起きても泰然自若としているものだと想像していた。自分も経験を積んでそうなるものだと考えていたが、実際はこのありさまだ。残念ながらこの先も同じようなものだろう。

「まあまあの日々」は㈱共同通信が編集・制作を代行し、以下の地方紙・ブロック紙のPR誌「くらしの知恵」に二〇一一年四月から二〇一八年三月まで連載されました。

岩手日報・山形新聞・河北新報（ウィズダム）・新潟日報・信濃毎日新聞・岐阜新聞・西日本新聞

まあまあの日々《ひび》

群《むれ》 ようこ

平成30年 10月25日　初版発行
令和2年 4月25日　7版発行

発行者●郡司 聡

発行●株式会社KADOKAWA
〒102-8177　東京都千代田区富士見2-13-3
電話　0570-002-301（ナビダイヤル）

角川文庫 21215

印刷所●旭印刷株式会社
製本所●株式会社ビルディング・ブックセンター

表紙画●和田三造

ISBN 978-4-04-106807-6　C0195

角川文庫発刊に際して

角川源義

第二次世界大戦の敗北は、軍事力の敗北であった以上に、私たちの若い文化力の敗退であった。私たちの文化が戦争に対して如何に無力であり、単なるあだ花に過ぎなかったかを、私たちは身を以て体験し痛感した。西洋近代文化の摂取にとって、明治以後八十年の歳月は決して短かすぎたとは言えない。にもかかわらず、近代文化の伝統を確立し、自由な批判と柔軟な良識に富む文化層として自らを形成することに私たちは失敗して来た。そしてこれは、各層への文化の普及滲透を任務とする出版人の責任でもあった。

一九四五年以来、私たちは再び振出しに戻り、第一歩から踏み出すことを余儀なくされた。これは大きな不幸ではあるが、反面、これまでの混沌・未熟・歪曲の中にあった我が国の文化に秩序と確たる基礎を齎らすためには絶好の機会でもある。角川書店は、このような祖国の文化的危機にあたり、微力をも顧みず再建の礎石たるべき抱負と決意とをもって出発したが、ここに創立以来の念願を果すべく角川文庫を発刊する。これまで刊行されたあらゆる全集叢書文庫類の長所と短所とを検討し、古今東西の不朽の典籍を、良心的編集のもとに、廉価に、そして書架にふさわしい美本として、多くのひとびとに提供しようとする。しかし私たちは徒らに百科全書的な知識のジレッタントを作ることを目的とせず、あくまで祖国の文化に秩序と再建への道を示し、この文庫を角川書店の栄ある事業として、今後永久に継続発展せしめ、学芸と教養との殿堂として大成せんことを期したい。多くの読書子の愛情ある忠言と支持とによって、この希望と抱負とを完遂せしめられんことを願う。

一九四九年五月三日

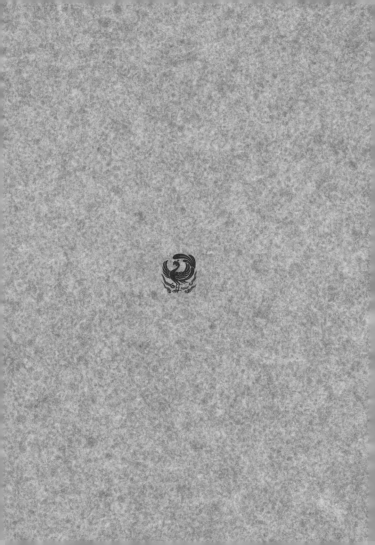